临床检验标本分析前
质量保证手册

主编　樊绮诗　于嘉屏

上海科学技术出版社

图书在版编目(CIP)数据

临床检验标本分析前质量保证手册／樊绮诗，于嘉屏
主编.—上海：上海科学技术出版社,2009.4
ISBN 978 - 7 - 5323 - 9749 - 5

Ⅰ.临...Ⅱ.①樊...②于...Ⅲ.实验室诊断－标本－
质量管理－手册 Ⅳ.R446 - 62

中国版本图书馆 CIP 数据核字(2009)第 024352 号

上海世纪出版股份有限公司
上海科学技术出版社 出版、发行
(上海钦州南路 71 号 邮政编码 200235)
新华书店上海发行所经销
常熟市兴达印刷有限公司印刷
开本 787×1092 1/32 印张 5.25 插页 3
字数：98 千字
2009 年 4 月第 1 版 2009 年 4 月第 1 次印刷
ISBN 978 - 7 - 5323 - 9749 - 5/R·2641
定价：18.00 元

内 容 提 要

　　本书主要内容为如何对医学检验标本分析前的各环节进行质量控制，以保证医学检验结果的准确性。在综述了影响医学检验结果准确性的分析前因素以及分析前质量保证的基本要求、制度和措施后，作者具体介绍了各类检验项目分析前质量保证的具体方法、要求，并在附录以表格形式列举了临床常用检验项目标本的一般要求，以方便读者查阅。在编写本书时，作者既参考了国内外医学检验标本分析前质量保证的相关法规和准则，也总结了自己多年临床工作的实践经验和心得。因此，本书有助于检验人员和医护人员准确理解医学检验关于标本分析前质量控制的总体要求，规范执行标本分析前各个环节的操作，提高检验质量。

编写者名单

主编

樊绮诗　上海交通大学医学院附属瑞金医院

于嘉屏　上海交通大学医学院附属仁济医院

编者（按姓氏笔画排序）

王　蕾　上海交通大学附属第六人民医院

王枕亚　上海交通大学医学院附属瑞金医院

孙康德　上海交通大学医学院附属第九人民医院

许　雯　上海交通大学附属第一人民医院

朱立红　上海交通大学医学院附属瑞金医院

李　莉　上海交通大学附属第一人民医院

沈立松　上海交通大学医学院附属新华医院

季慧峰　上海交通大学医学院附属第三人民医院

蒋燕群　上海交通大学附属第六人民医院

熊立凡　上海交通大学医学院附属仁济医院

潘秀军　上海交通大学医学院附属新华医院

审核者

倪卫杰　上海交通大学医学院医院管理处

徐步敏　上海交通大学医学院医院管理处

序　言

　　检验医学是临床医学的一个重要组成部分,其任务是为疾病的诊断、治疗、康复和预防提供实验室依据,检验结果的正确与否直接与广大群众和患者利益相关,可以说,医学检验全程的高质量是保证医疗高质量的重要环节。近年来,政府卫生行政部门及各级医疗机构普遍重视了对临床实验室的质量管理,绝大多数临床实验室建立了质量管理体系,普遍开展了室内质量控制和室间质量评价活动,检验人员质量意识大为加强,检验质量明显提高。但也不可否认,这些质控大多数只注意到了分析中的质量控制问题,而分析前的质控问题尚未引起全体医务工作者的足够重视。

　　从医学检验全面质量管理的角度看,分析前的标本质量也非常重要,标本采集、保存及处理不当,都可造成检验结果不准确,给患者的诊断和治疗带来不良影响。医学检验质量保证不仅是检验人员的工作,更需要全体临床医生和护士参与,分工合作,各负其责,才能更好地完成全面质量管理。

　　上海交通大学医学院检验专业学术管理委员会利用各附属医院检验专业的学术资源优势,组织部分检验专家编写了这本《临床检验标本分析前质量保证手册》。本书内容涵盖面广，涉及各检验专业常用的临床检验标本的质量保证，不仅适用于检验专业技术人员，而且更可以为临床医生和护士以及标本运送人员在标本采集、运送、保存等方面提供科学规范的指导，改善临床检验分析前各个环节的质量，从而全面保证医学检验质量。

上海交通大学医学院

朱正纲

2009 年 1 月

前　言

　　医学检验的全过程包括分析前、分析中、分析后三个环节。在自动化分析仪器日益普遍使用的临床检验科,自动化操作和质量保证体系明显地减少了分析中可能产生的差错,而分析前环节成为产生检验结果误差的最主要来源。因此,分析前质量保证是临床检验质量管理的前提,正确采集、运送、接收处理和保存标本是获得准确、可靠检验结果的首要环节。

　　分析前质量保证涉及众多环节、众多部门,涉及医师、患者、护士、标本运送人员和检验师,因此,规范操作流程、保证标本质量成为保证检验质量的关键。为此,上海交通大学医学院医院管理处委托医学检验专业管理委员会组织编写了这本手册,希望能够对规范分析前工作流程、提高临床检验标本质量起到指导和促进作用。

　　全书共有七章及一个附录。第一章为概论,综合叙述分析前各个环节质量保证的基本要求、质量保证制度和措施以及影响检验结果的分析前因素。附录以表格形式,列举了临床常用检验项目标本的一般要求,方便临床医护人员、检验人员在工作中查阅。第二至第七章则就血液学、临床化学、免疫学、临床基因扩增和微生物检验的各种项目对标本的具体要求进行阐述,包括医师开具检验申请单、患者准备及标本采集、运送、接收和保存等环节中的具体要求。本手册既体现了国内外关于分析前质量保证相关法规和准则的具体内容和精神,也糅合了编写者多年工作的实践经验,因此具有一定的参考价值。

限于编写者的水平,书中难免存在不足;由于篇幅的限制,有些内容未包括其中。敬请专家、同行、使用本书的医护人员和其他读者批评指正。

樊绮诗
2009 年 1 月

目　　录

第一章
标本分析前质量保证基本要求

第一节　标本分析前质量保证的概念

　　在自动化检验仪器普遍应用的临床检验科,标本分析前的质量保证是临床检验全面质量管理的重要组成部分。何谓标本分析前质量保证? ISO-15189 文件明确定义:分析前程序是从临床医师的医嘱开始,到分析检验开始前的所有步骤,包括检验申请、患者的准备、原始标本采集运送到实验室并在实验室进行传输及储存。

　　2006 年 2 月,中国卫生部正式颁布了《医疗机构临床实验室管理办法》,要求加强医疗机构临床实验室的管理、提高临床检验水平、保证医疗质量和保证医疗安全,规定"医疗机构临床实验室应当有分析前质量保证措施,制定患者准备、标本采集、标本储存、标本运送、标本接收等标准操作规程,并由医疗机构组织实施"。这一关于临床检验标本的质量保证要求的法定文件已成为我国临床检验质量保证的执行法规。

　　国际上,对临床检验标本分析前的质量保证非常重视。早在 1988 年,美国国会就通过了临床实验室改进修正案

（Clinical Laboratory Improvement Amendment 88，CLIA 88），并于 1992 年正式实施。此法规定临床实验室在检验标本分析前、分析中、分析后的整个处理和检测操作过程必须接受检查（CLIA 法规条款 493.1773）。

2007 年，国际标准化组织（International Standard Organization，ISO）发布了第二版《医学实验室质量和能力特殊要求》（ISO－15189：2007）文件，规定临床检验的质量手册应包含标本采集和处理；规定标本采集手册应作为实验室管理文件控制的一部分；在"检验前程序"部分明确规定了标本从采集、运送到实验室接收的具体要求。

2008 年 6 月，中国合格评定国家认可委员会（CNAS）也发布了内容等同于 ISO－15189：2007 文件的《医学实验室质量和能力认可准则》。在"检验前程序"中，同样规定了检验标本检验前处理各环节的详细要求，包括从检验申请单结构、原始标本采集手册内容、患者准备、标本运送、标本接收到标本保存等。

临床检验标本分析前质量保证之所以重要，是因为分析前各种差错和变异可影响检测结果，目前认为这两个环节的有效管理可降低 70％的检验差错率。正确的标本采集可使各种变异或差错的原因减少到最低程度，并可降低检验资源、医院成本和提高整体检验质量。

第二节　制度和措施

按照 ISO－15189 文件规定，应建立和实施可行的临床检验标本质量保证规范性程序文件和措施，并进行日常督查和持续性改进,以达到理论指导和临床实践的统一。

一、标本采集手册

美国病理学家学会(College of American Pathologist, CAP)在实验室认可文件中明确提出标本采集的原则性要求:要有一本指导实验室和其他人员采集标本的手册;标本采集手册应完整地提供采集和处理标本的方法;标本采集手册必须分发到医院所有与采集标本相关的部门,如护理部、手术室、急诊部、医师办公室、门诊部和中心检验室以外的实验室等;标本采集手册应向负责标本采集的人员提供标本采集方法和具体要求(表1-1)。

表1-1　正确采集和处理标本的具体要求

项　目	内　　容
1. 患者告知	向患者提供标本采集前应做准备的信息和说明
2. 患者准备说明	给护士和采集人员提供标本采集说明书
3. 标本采集容器	说明血液、尿液和体液标本采集容器和添加物
4. 类别和数量	说明血液、尿液和体液标本来源、采集量
5. 采集日期和时间	说明标本采集(包括特定标本)的具体日期和时间
6. 处理要求	说明从标本采集至实验室接收之间处理要求(包括转运温度、时间等)
7. 标本采集人员	记录标本采集人员身份信息
8. 标本采集	说明标本采集器材和安全性处理

二、人员资质

从事医学检验的人员必须有接受正规的医学检验教育的

经历,必须具备检验技师的资质。在相关工作岗位上,还必须接受各种必要的岗位培训和学历后继续教育。检验技师必须熟悉检验理论和标准操作程序,掌握标本分析前的具体要求,懂得如何进行室内和室间质量控制,能判断和分析失控原因,能做基本的仪器清洁与维护,并严格按照复检规则和方法,进行必要的结果复核等。进行检验仪器操作前,检验人员必须首先接受仪器操作的培训,并在认真阅读仪器操作手册全部内容的基础上,才有资格进行检验,并应严格按操作手册要求进行操作。

检验医师应了解和掌握检验项目的方法学原理和所采用的技术,了解实验室的工作流程和质控保证体系,并能与临床医师就检验结果和临床感兴趣的问题进行有效的沟通和交流。

三、标准化操作程序

国内外对临床检验已经发布了一系列标准化文件,对部分检验项目操作作出了原则性规定和评价。例如,在我国,有关《临床检验基础》检验项目的重要文件有卫生部《医疗机构临床实验室管理办法》(2006年);卫生行业标准文件有《真空采血管及其添加剂》(WS/T 224)、《临床检验操作规程编写要求》(WS/T 227)以及《全国临床检验操作规程》等参考书。这些标准和参考文件是临床检验分析前质量保证的重要依据和指导性文件。

四、生物安全

从标本采集到标本转运、接收、储存、检测和报告,均需严格执行实验室生物安全要求,这对操作者本人、患者及其他人员、环境都非常重要。强调生物安全的同时实际上也保证了分析前的标本质量。生物安全主要依据的标准文件是《医学实验室安全认可准则》(ISO - 15190:2003, Accreditation Criteria for the Safety of Medical Laboratories; CNAS - CL 36, 2007)、《实验室生物安全通用要求》(GB 19489)和《临床实验室废物处理原则》(WS/T 249)等。

第三节　分析前影响因素

　　临床检验分析前阶段包括标本在测定之前的全部过程。近20多年来,检验的自动化操作和质量保证体系明显地减少了分析中可能产生的差错,因此分析前的操作过程成为产生差错和(或)各种变异的主要来源。临床检验标本分析前的相关因素主要涉及以下多个方面。

一、人员

　　人的因素是临床检验质量保证体系中的主导因素,分析前质量保证涉及患者、医师、护士、转运人员和检验人员,各个环节的人员都应该了解自己在整个检验流程中的职责,并严格、规范地执行。检验人员必须具有高尚的医德和熟练的技能,不但应非常熟悉检验项目方法学、技术原理、检验器材和试剂,还应该在整个检验流程中规范操作,并熟悉如何避免分析前的干扰因素。

　　医师、护士有职责口头和(或)书面告知患者有关检查项目标本的采集要求;患者在了解标本采集的具体要求后应尽可能配合;标本运送人员按照标本转运的条件实施;检验人员严格按照标准操作程序接收和储存标本。合格的人员是减少检验标本变异的重要前提。

二、生理变异

检验结果的变异还可来自于生理变异。生理变异可分为两大类:一类是不能控制的,如年龄、性别、民族,居住环境、季节变化、生活习惯(酗酒、吸烟)对生理的影响等,相对而言,这些因素对检验产生的多为长期效应;另一类是能够加以控制的因素,如食物、药物、情绪、状态(活动或安静)、体位等,对检验产生的多为短期效应。生理变异应考虑的有以下因素。

1. 年龄　新生儿、儿童期、青春期、成人和老年人。

2. 性别　有些检验项目结果男女有别,如红细胞沉降率女性高于男性。

3. 体位　直立时,血容量比卧位平躺时减少 600～700 ml。从卧位到直立时,血容量可减少 10% 左右,因此,不同体位下采集血液会影响检测物质的浓度。

4. 状态　运动状态影响检验结果,其影响程度与运动的强度和时间长短有关。因此,标本采集前和采集时,患者如处于不同状态,如休息或运动、平静或激动,都会对检验结果产生影响。妇女处于妊娠期或月经期也会有不同的检验结果。

5. 时间　昼夜更替可引起血细胞数量、质量变化及许多内分泌物质浓度的改变。有些检验项目的检测结果随标本采集时间在 1 日之间、1 月之间、1 年之间的生理变化而变化,在病情随访时尤其应考虑到这些因素。

三、饮食和吸烟

标本采集前须考虑饮食对检验结果的影响,如饮食种类、进食与标本采集时间的间隔(空腹与否)等。进食后立即作血液检测,血糖增高;禁食、减肥者血糖减低,而血酮体可明显增高;血脂检查前不能摄入高脂肪饮食。吸入 1 支烟,血糖浓度在 10 min 内就可增加 0.56 mmol/L 并可持续 1 h 之久,血液红细胞计数、白细胞计数增高,精子计数减少,异形精子率增高,精子活动力减弱。

四、药物

服用药物常常是检验结果与临床不符合而难以解释的原因之一,因此,出现异常的检验结果时,必须考虑是否有药物引起干扰。药物种类、药物动力学、颜色、化学特性、进药方式等,都可能是导致检验结果无法解释的原因。

药物对检验结果的影响主要有 4 条途径:①影响反应系统待测成分物理性质;②参与化学反应;③影响机体组织器官生理功能和(或)细胞活动中的物质代谢;④对器官的药理活性和毒性作用。例如,服用高剂量维生素 C,可使尿胆红素试验和尿糖试验假阴性,而使班氏尿糖测定呈假阳性。右旋糖酐干扰双缩脲法测定总蛋白,使结果假性增高。汞化合物与氟化物可抑制尿素酶活性,致尿素假性减低。高浓度葡萄糖和一些抗生素可与碱性苦味酸反应生成红色,引起肌酐检测结果增高。使用大量含氟、溴或碘离子药物可使血清氯偏高。吗啡可使血淀粉酶、脂肪酶、丙氨酸氨基转移酶、天冬氨酸氨基转移酶、碱性磷酸酶活性增高,又可使胆红素、胃泌素、促甲状腺素、催乳素增高而引起胰岛素、去甲肾上腺素及胰多肽水平减低。大麻可使血钠、钾、氯、尿素、胰岛素增高,而使血肌酐、血糖及血尿酸减低。海洛因可使血二氧化碳分压(pCO_2)、甲状腺素、胆固醇、血钾增高,血氧分压(pO_2)及清蛋白则减低。

患者生理状态、饮食等因素对检验结果的影响见表1-2。

表1-2 患者生理状态、饮食等因素对检验结果的影响

影响因素	评　价
饮食	不同食物对检验结果的影响不同。普通进餐后,血三酰甘油将增高50%,血糖增加15%,丙氨酸氨基转移酶及血钾增加15%。高蛋白膳食可使血尿素、尿酸及血氨增高;高脂肪饮食可使三酰甘油大幅度增高;高核酸食物(如内脏)可导致血尿酸明显增高
饥饿	长期饥饿可使血浆蛋白质、胆固醇、三酰甘油、载脂蛋白、尿素等减低,血肌酐及尿酸则增高。由于饥饿时机体的能量消耗减少,故血中 T_3、T_4 水平将明显减低
运动和精神	精神紧张、情绪激动和运动可以影响神经-内分泌系统,使儿茶酚胺、皮质醇、血糖、白细胞、中性粒细胞等增高。运动也会导致许多其他检测指标发生改变
生物钟	人体多种物质存在生物周期,如促肾上腺皮质激素、皮质醇清晨6~7时最高,深夜0~2时最低
月经和妊娠	在月经周期的3个不同时期,与生殖有关的多种激素将产生不同的变化。纤维蛋白原在月经前期开始增高,血浆蛋白质则在排卵时减低;胆固醇在月经前期最高、排卵时最低
饮酒	长期饮酒者可导致丙氨酸氨基转移酶、天冬氨酸氨基转移酶、γ谷氨酰转移酶增高,慢性酒精中毒者血中胆红素、碱性磷酸酶、三酰甘油等增高

续 表

影响因素	评 价
吸烟	长期吸烟者血中白细胞计数、血红蛋白浓度、碳氧血红蛋白、癌胚抗原等增高;而免疫球蛋白 G 则减低,血管紧张素 I 转换酶活性减低
诊疗	已做或正进行诊疗时,可对检验结果产生影响,包括外科手术、输液或输血、穿刺或活检、透析、口服葡萄糖耐量试验、服用某些药物等

五、避免分析前影响因素的原则

临床检验分析前的影响因素原则上分为可控因素和非可控因素,涉及多环节、多部门,避免分析前的影响因素是临床检验相关人员务必重视的工作内容。

1. **避免可控因素** 制定分析前质量保证制度和措施,培训相关人员规范操作,避免或降低各种可控因素的发生。如:编写和分发标本采集手册到护理部、手术室、急诊室、门诊部或其他实验室等;正确使用标本保存剂、抗凝剂;正确标示各种标本;遵循标本采集和处理时有关温度、分离血浆或血清、转运或保存时间的要求;培训标本采集人员熟练采集标本的技能;规范标本转运容器、标签和包装,建立和完善标本跟踪记录的制度和措施,建立有效方案以及时纠正标本在转运中出现的问题。避免可控因素中最基本、最主要的环节是,明确分析前各部门(医务、护理、门急诊、运送、检验等部门)人员的各自职责并使其相互配合。

2. **熟悉非可控因素** 检验医师和检验技师必须了解和熟悉检验过程中某些非可控因素对检验结果可能造成的影

响,在需要时能够作出分析和解释,并为患者以后的复检或进一步检查提出有效的指导意见。

第四节 分析前检验标本的质量保证

临床检验的目的是向临床医生提供准确的检验结果。要获得可靠的检验结果,首先必须依赖于标本的质量。要获得高质量的标本,每个与检验标本相关的人员都应将患者的每份标本看作是唯一而无法重新获取的标本,做到时时处处小心地采集、保存、转运和检测。医生应主动、明确告诉患者如何正确配合留取标本,检验人员和护士更有责任采集好标本。标本采集的基本原则是,强调保持采集当时生理或病理状态下离体标本质和量的完整性。事实上,机体中任何成分一旦离开人体,就易受环境的影响而发生改变,如细胞溶解、蛋白质分解和细菌污染等。因此,及时送检标本是适合所有检验项目的通用性要求。

一、检验申请

目前检验申请的形式主要有电子检验申请和书面形式申请。申请的要素包括:患者姓名、性别、出生日期或年龄、地址、门诊或住院号、标本唯一编码、申请人姓名、申请项目、标本采集日期和时间、标本种类和临床信息等。实验室不应接收缺少必要标识的检验申请。

二、标本完整性

原则上,要尽可能要求任何离开人体的标本保持在体内当时的生理或病理原始状态,使标本有形和无形成分的质和量基本保持不变。但事实上,任何标本中的成分一旦离开人体,即会受环境的影响而发生改变。例如,细胞溶解破坏、蛋白质分解、外来细菌污染标本等。为此,标本采集时或采集后,常需按检验项目的特点尽快进行各种方法的处理,其目的只有一个,即保持标本与刚离开人体时所具有质量和数量的特性。

三、标本新鲜度

任何检验项目都要求标本新鲜,这是保持标本完整性的基本要求。衡量标本是否新鲜的简单标准,就是确定标本从采集到检验所经历时间。离开人体后的标本,送检越及时、检验越早完成,结果就越可靠。

四、标本采集

正确采集检验标本是获得准确、可靠检验结果的首要环节。标本采集过程包括患者准备、选择容器类型(保证容器对标本中被分析物质不引起干扰)、标本采集量、特殊试验对采集时间的要求(如肌酐清除率)、保存剂或抗凝剂的种类、从标本采集到实验室接收标本这一时段内进行特殊处理的要求(如冷藏、立即送检)、标本标签的唯一性以及必要时详尽的临床资料等。

临床检验标本的信息必须完整。但在某些情况下,如遇不便重新采集的标本(如脑脊液、活检标本等),或属于紧急情况时,如果标本标识不明或者信息不完整,实验室可先检测标本,待申请检验的医师或标本采集人员阐明标本来源和承担标本接收的责任或者补充必要的信息时，才可发出检验报告。

五、标本转运

标本转运涉及标本生物安全性、标本包装、标本转运人员培训、患者标本保密、标本跟踪系统的文件记录、标本转运中发现问题的纠正措施等。根据申请检验项目的特性以及实验室的相关规定，标本应在一定时间范围内送检。急诊或危重患者的标本要特别注明并作醒目标识。根据标本采集手册的规定，标本应装在合适的容器内，保持在规定的温度范围，或含有规定的防腐剂，以确保标本的完整性。

六、标本接收

实验室接收标本时应记录日期和时间，应能通过检验申请溯源到患者个体，所有接收的标本应当记录在登记本、工作表、计算机或其他类似系统中，并记录标本接收的日期和时间、接收人员须签名。在接受口头或电话申请时，必须向对方复述全部申请内容，以证实转录的准确性。实验室应根据不同的检验项目，制定各种具体的拒收标准。因某些特殊原因而不得不接收的不合格标本，在检验报告上应注明标本存在的问题，在解释结果时必须特别说明。

七、标本处理

标本采集后是否要求立即离心分离、是否需要冷藏或冷冻以及冻融方式等，都对检验结果产生影响。

第五节　血液标本采集的质量保证

采血中的质量保证首先是需要足够的、合格的采血技术人员,同时要严格按照标准化的采血程序进行标本采集,包括采集、保存、运输等程序,以确保血液标本的稳定性,必要时,此程序可提供给患者参阅。其次,要有规范的采血设备、器材(标准化、不失效、标记明确)和空间(宽敞、明亮、通风、适温、无障碍)。任何标本转运必须伴随相应的填写完整的书面申请单。

一、静脉采血

1. **注射器和容器**　必须洁净。如用于血栓与止血检查,为避免血小板和凝血因子激活,应用塑料注射器、硅化后玻璃试管或塑料试管。针头不能太细,否则易造成溶血。注射器针头外径>1 mm,可引起创伤,导致血管碎片入血,促发凝血;针头外径<0.7 mm,血液采集时间延长;针头内压力梯度可导致溶血和血小板激活。

2. **采血操作**

(1) 穿刺部位:穿刺应在穿刺部位皮肤消毒液干后进行,以免溶血和稀释。

(2) 压脉带:使用压脉带的唯一目的是有助于确定静脉位置,但使用时间应<1 min。如使用时间长致血液浓缩,则乳酸增高,其他分析物浓度和细胞成分增高。压脉带不宜结扎太紧,一旦见有回血入针筒,即应松解压脉带。

（3）抽血用力：不宜过大，以免产生泡沫而溶血。

（4）输液处采血：严禁在输液、输血的皮管内抽取血标本。因输液不仅使血液稀释，而且输液成分会严重干扰检验结果。最常见的干扰项目是葡萄糖和电解质。一般情况下，对输入碳水化合物、氨基酸、蛋白质或电解质的患者，应在输液结束 1 h 后采血；而输入脂肪乳剂的患者应在 8 h 后采血。如必须在输液时采血，也要避免在输液的同侧静脉采血，而应在未输液一侧进行抽血，或在输液开始时从输液管处抽血。采血前，应保证先停止输液，并弃用开始抽出的前 5 ml 血再用以检验。

3. 真空采血　现提倡用真空管采血（负压采血）法。真空管采血具有保证血标本质量的多项优点：计量准确、传送方便、封闭无菌、标识醒目、刻度清晰、容易保存。

（1）采血安全：无血液外溢和污染的危险。血标本无需容器间转移，溶血现象减少，能有效保护血液有形成分，保证待验血标本原始性状的完整性，使检验结果更近真实。采血量和抗凝剂比例准确性高。真空管加盖，易于颠倒混匀，无污染危险性。真空管血标本易于用专用试管架和温度合适的容器安全转运，能避免医护人员感染和患者血标本间交叉污染。

（2）标识清晰：可根据检验需求选用特定色泽标识的试管，避免标本交叉出错（表 1-3），如红色代表生化用的血清管，紫色用于全血细胞计数等；试管长短不同代表不同采血量。

（3）生物安全合格：采用强化玻璃或特种塑料制成，试管破损率极小；保证试管内壁干净、无菌。

（4）分离效果佳：因管内预置惰性分离胶，故分离血清快

表 1 - 3　真空采血管种类和用途

采血管	用途	标本	操作步骤	添加剂	添加剂作用机制
红色(玻管)	生化,血清学试验	血清	采血后需混匀,静置 1 h 离心	无(但内壁涂有硅酮,其作用:避免血细胞附壁;防止离心时细胞破碎而释放细胞内物质,影响试验结果)	一
红色(塑管)	生化,血清学试验	血清	采血后不需混匀,静置 1 h 离心	无(内壁涂有硅酮)	硅胶血液凝固激活剂
橘红色	快速急诊生化试验	血清	采血后立即颠倒混匀 8 次,静置 5 min 离心	促凝剂:凝血酶	激活血液凝固
绿色	快速生化试验	血浆	采血后立即颠倒混匀 8 次,离心	抗凝剂:肝素钠测定血锂;肝素钠或肝素锂测定血氨	抑制凝血酶和凝血活酶
金黄色	快速生化,血清学试验	血清	采血后立即颠倒混匀 5 次,静置 30 min 离心	惰性胶体,促凝剂	硅胶血液凝固激活剂
浅绿色 PST 管	快速生化试验	血浆	采血后立即颠倒混匀 5 次,离心	惰性胶体,肝素锂	抑制凝血酶
紫色(玻管)	血常规,血库(交义配血)试验	全血	采血后立即颠倒混匀 8 次,防止凝血和血小板凝集,试验前混匀标本	EDTA - K$_3$(液体)	螯合钙离子

续 表

采血管	用 途	标本	操作步骤	添 加 剂	添加剂作用机制
紫色(塑管)	血常规、血库配血(交叉配血)试验	全血	采血后立即颠倒颠倒混匀8次;防止凝血和血小板凝集;试验前混匀标本	EDTA-K₂(干粉喷洒)	螯合钙离子
黄黑色(玻管)	微生物培养	血清	不需混匀,静置1h离心采血后立即颠倒混匀8～10次	无菌,含固香脑磺酸钠(sodium polyanetholesulfonate, SPS)	抑制补体,吞噬细胞某些抗生素,以检出细菌
黄色	HLA组织分型,父子鉴定	血浆	采血后立即颠倒颠倒混匀8次	抗凝剂(枸橼酸-枸橼酸钠-葡萄糖)	灭活补体
灰色	血糖试验	血浆	采足血量后立即颠倒混匀8次;离心	氟化钠和碘乙酸锂	抑制糖分解(保存葡萄糖标本测定可达5 d)
浅蓝色	凝血试验(PT等)	全血	采足血量后立即颠倒混匀8次;试验前混匀标本	枸橼酸钠:血液=1:9	螯合钙离子
黑色	红细胞沉降率试验	全血	采足血量后立即颠倒混匀8次;试验前混匀标本	枸橼酸钠:血液=1:4	螯合钙离子
深蓝色	微量元素测定(锌、铜、铝、汞)和毒物学检查(试管无金属污染)	全血	采血后立即颠倒混匀8次	EDTA-Na₂	螯合钙离子

而且多。真空采血管内均涂有硅酮,能避免血细胞附壁,同时也能防止离心时细胞破碎而使细胞内物质外溢至血清中。

（5）穿刺使用方便:一次性多管采集双向针,一次静脉穿刺可采集多管标本,减少患者痛苦,不会使血液外溢,避免影响患者心理。

（6）溶血发生率低:真空管采血比普通注射器产生的溶血明显少。

二、皮肤采血

皮肤采血法曾长期被称为毛细血管采血法,而实际上所采之血是含微动脉血、微静脉血、毛细血管血以及细胞间质和细胞内液的混合血。

1. 采血部位　皮肤采血主要用于微量用血和婴幼儿血常规检验,一般成人采用手指或耳垂,婴幼儿可用足跟采血。

（1）耳垂采血:操作方便,但血循环较差,受气温影响较大,检查结果不够恒定;红细胞、白细胞、血红蛋白和血细胞比容的测定结果均比手指血或静脉血高,特别是冬季波动幅度更大,现已少用。

（2）手指采血:操作方便,可获较多血量,检查结果比较恒定,但易受进针深度、挤压因素影响,血液中可混入比例较高的组织液,从而引起血液各种成分的改变。

皮肤采血时,不要挤压皮肤,血液应自然流出。凡局部有水肿、炎症、发绀或冻疮等均不可穿刺采血;皮肤有汗时,应先擦干,以免稀释血液;严重烧伤患者可选皮肤完整处采血。避免在输液通道附近采血,以免稀释和影响标本检测结果。

2. 采血操作　采血针应迅速刺入皮肤,以深 2～3 mm 为宜。第1滴血液因混入组织液相对较多,多弃去不用。吸取血液量要准。

3. 注意事项　要注意生物安全,要求采血针、微量吸管一次性使用;取血时切忌用力挤压,以免混入组织液;血液流出后易凝固,操作宜快;进行多项检查时,采集标本次序为血小板计数、红细胞计数、血红蛋白测定、白细胞计数及白细胞分类等。

三、动脉采血

1. 采血操作　严格无菌操作。

2. 注意事项　血气分析标本,动脉血有较高的压力,会自动注入空筒内,至所需血量后,立即用软木塞或橡皮塞封闭针头(针头斜面埋入橡皮中即可)以隔绝空气,然后搓动注射器,使血与肝素混合,并立即送检。

3. 送检要求　标本采集后应立即送检,若不能,则标本应置于2～6℃保存,但不应超过2 h。

四、抗凝剂

抗凝剂通过化学方法除去或抑制血液中的某些凝血因子的活性,以阻止血液凝固。检查的项目不同,所使用的抗凝剂也不尽相同。

1. 乙二胺四乙酸　(ethylenediamine tetraacetic acid, EDTA)盐　常用其钠盐(EDTA - $Na_2 \cdot H_2O$)或钾盐(EDTA - $K_2 \cdot 2H_2O$),能与血液中钙离子结合成螯合物而使钙离子失去凝血作用。

特点:EDTA盐对血细胞形态和血小板计数影响很小,适用于多项血液学检查,尤其是血小板计数,但钠盐溶解度明显低于钾盐,有时影响抗凝效果。EDTA-K_2特别适用于全血细胞分析及血细胞比容测定,室温下 6 h 红细胞体积不改变。根据国际血液学标准化委员会(International Committee for Standardization of Hematology, ICSH)1993 年文件建议,血细胞计数用 EDTA-K_2作抗凝剂,用量为每毫升血液用 EDTA-K_2-$2H_2O$ 1.5~2.2 mg。EDTA 影响血小板聚集,不适合于作凝血检查和血小板功能试验。因对 EDTA 依赖的抗体可与血小板抗原进行反应,故有 1‰~2‰住院患者和 0.1‰~0.2‰患者出现 EDTA 诱导的血小板聚集。EDTA-K_3可引起红细胞收缩,红细胞平均体积(MCV)减低,白细胞减少。绝大多数血小板凝集与采血技术有关,或与未能将 EDTA 与血液标本充分混匀有关,故良好的混匀技术非常重要。

EDTA 可以使离体后的血小板离散,成为单个颗粒或细胞而通过微孔,EDTA 抗凝血片中的血小板呈单个散在分布,而肝素或双草酸盐血片中,血小板大多数呈聚集状态。在电阻抗原理细胞计数过程中,聚集的血小板体积较大,被误计入淋巴细胞,使淋巴细胞计数假性增高,而血小板计数假性减低,但淋巴细胞百分比无显著差异。

2. 肝素 肝素是生理性抗凝剂,主要作用是加强抗凝血酶(antithrombin,AT)灭活丝氨酸蛋白酶,从而阻止凝血酶的形成,并有阻止血小板聚集等多种抗凝作用。每毫升血液抗凝需要肝素 15±2.5 IU,所用制剂多为肝素的钠盐或钾盐,适用于血气分析。肝素锂适用于红细胞渗透脆性试验。

特点:肝素具有抗凝力强、不影响血细胞体积、不易溶血等优点。除凝血检查、全血细胞计数等项目外,绝大多数的检验项目都可用肝素作为抗凝剂。肝素是红细胞渗透脆性试验理想的抗凝剂。肝素引起白细胞聚集,使血涂片在罗氏染色时产生蓝色背景,不适合血液学一般检查的标本抗凝。

3. 枸橼酸盐　主要为枸橼酸三钠(trisodium citrate),能与血液中的钙离子结合形成螯合物,使钙离子失去活性,从而阻止血液凝固。枸橼酸盐抗凝能力相对较弱。

特点:枸橼酸盐在血中的溶解度低,抗凝力不如前几种抗凝剂。多用于临床血液学检查,特别适用于凝血试验标本抗凝和作为输血保养液。一般用于红细胞沉降率(1:4)、凝血功能(1:9)测定。NCCLS 推荐血栓和止血检测用 3.13%(0.105 mol/L)枸橼酸钠浓度抗凝,而不使用高浓度(3.2%或3.8%)试剂。

五、采血特别注意点

1. 患者体位　患者从卧位到直立,血管内水分流向组织间隙,血浆量平均可减少 12%,血容量比卧位平躺时减少600~700 ml,血液浓缩,因而血液物质浓度增高,血中细胞及大分子物质相对增高 5%。受影响的检验指标包括红细胞计数、白细胞计数、血细胞比容、丙氨酸氨基转移酶、碱性磷酸酶、总蛋白、清蛋白、免疫球蛋白、载脂蛋白、三酰甘油、低密度脂蛋白、胆固醇、醛固酮、肾上腺素、去甲肾上腺素和血管紧张素等。血管激活激素释放,可使血小板活化。故患者采血体位应标准化。住院患者应卧床时取血。

2. 抽血操作　抽血动作应缓慢,不宜过快,以免产生大量泡沫或溶血。

3. **压脉带使用** 静脉采血时,压脉带压迫时间过长可使多种血液成分发生改变。如压迫 40 s,总蛋白可增加 4%,AST 增加 16%;压迫超过 3 min 时,因静脉扩张、淤血,水分转入组织间隙,血液浓缩,可使清蛋白、血清铁、血清钙、碱性磷酸酶、天冬氨酸氨基转移酶、胆固醇等增高 5%~10%,血清钾增高更明显。同时,由于氧消耗增加,无氧酵解加强,乳酸增高,pH 减低。故采血时应尽量缩短压脉带的使用时间,限于 1 min 之内。同时,采血时,勿嘱患者作反复握拳动作。

4. **转入容器** 采血后应先拔针头,然后将血液沿试管壁徐徐注入标本容器,以免产生泡沫或溶血。

5. **血液和抗凝剂混匀** 必须及时、充分、轻轻颠倒混匀血液和抗凝剂。不同的检验项目所需颠倒混匀的次数不一(表 1-3),至少 3~4 次。应避免采血损伤和用力振摇而激活血小板,特别是使用肝素抗凝管时。

6. **避免溶血** 血细胞内、外各种成分有梯度差,有的成分相差数十倍,溶血可使葡萄糖减低、钾离子和乳酸脱氢酶活性增高,如在抽血时已经溶血或发生凝块,则胆固醇、肌酐、铁、磷、钙和大多数酶增高(表 1-4)。故在采集、转移、保存和分离血细胞时应尽量避免溶血。发生溶血的主要原因有:标本来自有血肿静脉、采血技术不熟练、使用劣质采血器材和试管、容器不洁、注射器和针头连接不紧产生泡沫、预加抗凝剂管采血量不足、血液接触水分、抽血速度太快、血液急速注入试管、混匀用力过猛、产生大量泡沫等。溶血标本不仅红细胞计数、血细胞比容降低;而且能使血细胞内、外成分混合,血浆、血清的化学组成产生变化,影响钾、镁、转氨酶、胆红素等多项指标的测定,使检测结果增高或减低,不能反映原始标本

表1-4 溶血引起血液成分浓度或活性变化

血液成分	红细胞内浓度(或活性)与血清浓度(或活性)的比率	1‰红细胞溶血后血清中浓度(或活性)的变化率(%)*
乳酸脱氢酶(LD)	160:1	+272.5
天冬氨酸氨基转移酶(AST)	40:1	+220.0
钾	23:1	+24.4
丙氨酸氨基转移酶(ALT)	6.7:1	+55.0
葡萄糖(Glu)	0.82:1	-5.0
无机磷	0.78:1	+9.1
钠	0.11:1	-1.0
钙	0.10:1	+2.9

*:假设血细胞比容为0.50。

的实际含量。

7. 抽血不当 全血细胞计数试管血量不足,则红细胞皱缩,红细胞平均体积和血细胞比容(HCT)减小,白细胞形态、血小板和白细胞变化。

8. 多项目一次采血顺序 ①使用玻璃试管的采血顺序:血培养试管、无抗凝剂血清管、枸橼酸钠抗凝试管、其他抗凝剂试管。②使用塑料试管的采血顺序:血培养试管、枸橼酸钠抗凝试管、加或未加血液凝固激活物或凝胶分离的血清管、加凝胶或未加凝胶的肝素管、EDTA抗凝管、加血糖分解抑制物试管。

9. 分离血浆或血清 有条件的最好在采血床边,立即分离血浆和血清,在采血后60 min内完成离心。加抗凝剂的血液应立即离心分离血浆;刚抽出的无抗凝剂的全血标本必须在室温下静置或置于37 ℃水浴箱20～30 min,待血凝块形成、出现少许血清时才能分离血清。

如试管内已经加了凝血酶,则可静置 5 min;如加有玻璃或硅颗粒,应静置等待 15 min;如无足够的时间形成凝块,则对于检验室大多数仪器,血中隐性纤维蛋白的形成将成为干扰检验的重要问题。血细胞与血清或血浆接触超过 2 h,血浆或血清将浓缩,分析物被破坏。离心时须注意:不要使用木制或类似物企图除去黏附于试管顶端的凝块;保证离心力 1 000~1 200 g,离心时间 10~15 min;NCCLS 推荐在室温下,离心时间和速度一致,使血小板数在 10×10^9/L 以下,1 500 g 离心力离心 15 min 或更长。标本分装应避免发生吸样量错误或样本对象错误。

分离细胞原则上先是根据各类细胞的大小、沉降率、黏附和吞噬能力加以粗分,然后依据不同的检验目的加以选择性分离。

10. 记录标本信息 应记录变质、失效、错号、漏缺、遗失、溶血、错用抗凝剂、血液浓缩等发生种种改变的不合格标本的情况。

(熊立凡 樊绮诗)

参考文献

1. 熊立凡,刘成玉.临床检验基础.第 4 版.北京:人民卫生出版社,2007.1~2
2. 中国合格评定国家认可委员会.医学实验室质量和能力认可准则(CNAS-CL02).2008.20~22

3. ISO. Medical laboratories-particular requirements for quality and competence. ISO 15189:2007. 18~20

4. Mcpherson RA，Pincus MR. Henry's clinical diagnosis and management by laboratory methods. 21st ed. Philadelphia：Saunders，2007. 20~30

第二章
血液检验标本分析前质量保证

第一节 标本基本类别

一、全血

全血由血细胞和血浆组成。皮肤采血多为非抗凝全血标本，主要用于手工法临床血液学检查，如血细胞计数、分类和形态学检查等。静脉抗凝全血标本多用于血液分析仪血细胞参数分析、血沉测定、干生化测定等。

二、血浆

血浆是抗凝全血离心后除去血细胞的部分，主要用于临床生化检查，特别是内分泌激素测定；血浆含有主要凝血因子，故也适合血栓与止血实验检查。

三、血清

血清是离体的未抗凝全血凝固后自然析出或经离心后的上清液部分。除纤维蛋白原等凝血因子在凝血时消耗外，其他成分与血浆基本相同,更适用于多数临床化学和临床免疫学检查。少数检查项目,用血浆和血清标本测定的结果也有些差别。

四、血细胞

血细胞为抗凝全血离心后除去血浆部分的有形成分。有些特殊的检验项目需要特定的细胞作为标本,如浓集的粒细胞、淋巴细胞、分离的单个核细胞等。

第二节　采血前质量保证

采血前,患者即刻的状态、体力、种族、年龄、性别、饮食、药物、采血时间等,以及采血者是否接受过良好而标准的教育和训练,都会影响检测结果。

一、患者状态

采血前有无剧烈活动对检验结果的影响程度与活动强度和时间长短有关,如采血前 20 min 内有体力活动、紧张,30 min 内如厕,2 h 内进餐等。故运动后,患者应休息 15～30 min 后才能采血。昼夜更替、睡眠与觉醒状态、暴热寒冷、精神紧张,均可使肾上激素分泌变化,从而引起血细胞数量、质量的改变以及许多物质血液浓度的改变。

二、采血时间

体内有些化学成分的血浓度具有周期性变化。正常人一日之间,白细胞数、嗜酸性粒细胞数、血小板数等均有一定的波动。故采血应:①尽可能在上午(如9时前)空腹进行;②尽可能在其他检查和治疗之前进行;③尽可能根据药物浓度峰值期和稳定期特点进行,以检测药物浓度;④在检验申请单上注明采血的具体时间。

三、环境温度

冬天,患者从室外进入室内,应暖和后再采血。采血处应洁净、光线充足、环境温暖。

四、药物影响

使用抗凝药如静脉使用肝素、口服抗凝剂华法林,可干扰和抑制凝血系统,而此两类药的治疗剂量范围较窄,如剂量不适当,即可引发血栓形成或出血。口服药物,药效作用慢而持久;注射或吸入药物,药效作用快而短促。当出现不可思议的异常检验结果时,或与临床不符合时,应考虑有无药物引起干扰的可能。

五、吸烟影响

吸入1支烟,血红细胞计数、白细胞计数即可增高。

六、基本信息

检验申请单基本信息如识别号、性别、年龄、住院号、床位号、申请科室、申请项目、申请者、临床诊断、标本类别等必须准确。

七、年龄和性别

一般而言,检测时应考虑 4 个年龄段:新生儿、儿童期到青春期、成人和老年人。不少检测项目的参考值男女有别,即使在同一年龄阶段也有明显的差异,这种情况主要反映在青春期后。例如:在 15～40 岁,男女的红细胞计数值不同,女性一般低于男性;妊娠期中后期,红细胞计数值随血容量增高和血液稀释而明显减低;红细胞沉降率女性高于男性,如妊娠 3 个月以上,可进一步增高。

第三节　标本保存和转运

一、标本保存

1. 首次检测前保存　除了立即检验标本如红细胞沉降率、血气分析(密封送检)、酸性磷酸酶、乳酸测定及各种细菌培养、特别是厌氧菌培养等标本外,凡不能及时检验的标本,均应在规定的时间内,在确保血液标本特性稳定的条件下,按检测项目要求进行室温、冷藏或冷冻保存。分离后标本若不能及时检测或需保留以备复查时,一般应置于 4℃保存;某些需保存 1 个月的检测项目标本,应存放于－20℃冰箱;需保存 3 个月以上的标本,应置－70℃保存。标本存放时需加塞,以免水分挥发而使标本浓缩。

血标本保存不当可直接影响实验结果(表 2－1)。温度越高,活性消失越快;而冷藏可导致内源凝血系统激活,继而激活外源凝血系统。不应使用无霜冰箱。冷冻血浆应迅速在 37℃ 复融,轻轻混匀后立即测定。标本应避免反复冻融。

表 2-1　血标本保存时间和血液质量的变化

标本类型	保存温度	保存时间	血液质量变化
全血	4℃	24 h 后	白细胞形态变形
血浆或血清	4℃	24 h 后	某些凝血因子活性仅为采血时活性的 5%(减少 95%);对变化敏感的血液凝固试验测定结果难以准确;除了凝血试验,标本应保存于 4~8℃;检测多数血液学、生物化学、红细胞沉降率稳定
	<-20℃	24 h 内	检测凝血标本稳定,特别是凝血因子Ⅷ测定
	<-70℃	14 d	检测凝血标本稳定,特别是凝血因子Ⅷ、APTT、PT 等测定;检测多数血液学、生物化学、红细胞沉降率稳定
	>30℃	2 h 内	检测 APTT 稳定
		4 h 内	检测 PT 稳定
EDTA 抗凝	4℃	24 h 内	检测红细胞平均体积稳定;血小板因肿胀、聚集、破碎而减少
	18~25℃	24 h 内	检测红细胞、白细胞、红细胞指数可稳定 8 h;红细胞平均体积,8 h 后用电阻抗法仪器检测,每 24 h 增加 3~4 fl;室温下白细胞溶解减少

注:APTT:活化部分凝血活酶时间;PT:血浆凝血酶原时间。

2. 检测后标本保存　第一次检测后标本不能立即丢弃,应根据标本性质和要求,按照规定时间再保存,以备复查需要。急诊标本、非急诊标本须分别妥善保存,在需要重新测定时,确保标本检索快速有效。保存原则是在有效的保存期内被检测物质不会发生明显改变。保存检验标本时应保存标本信息,且与分离的血浆或血清标本相对应。

二、标本转运

1. 标本转运　血液标本运送分为人工、轨道或气压管道等方式。无论何种运送方式,都应注意以下 3 个原则:唯一标识原则、生物安全原则和尽快运送原则。

(1)标签:标本编错号、遗失等可使标本识别错误,故应建立标本识别系统的唯一性,保证任何时候不发生混淆。每个环节应有详细程序性文件和记录。

(2)温度:标本转运必须符合储存条件。ICSH 建议在室温(18～25℃)下 4 h 内完成检测,4℃下在 6 h 完成检测。标本转运应防止激烈振动、日光直射。

2. 标本接收　标本接收时,必须认真核对标本的姓名、临床医生申请项目及细节,核对标本类型和使用的试管。对确认不符合血液采集规定要求的标本,应拒绝接收。标本拒收常见原因包括:溶血、抗凝标本出现凝固、血液采集容器不当、采血量不足或错误、转运条件不当、申请和标本标签不一致、标本污染、容器破漏等。

(1)处理溶血标本的方法:应首先排除体内溶血;记录并弃用溶血标本,重新采血检测;否则,检验报告应注明"标本发生溶血"。肉眼未见的非显性溶血标本特点是,检测标本乳酸脱氢酶、游离血红蛋白、钾离子、转氨酶活性的结果异常增高。

(2)血液浓缩原因:使用压脉带时间过长、按摩进针处、挤压或长时摸索寻找血管、长期静脉治疗、静脉硬化或阻塞等。

标本拒收不但可造成检验费用增高和时间耗费,还可危害患者。故对所有涉及标本采集的工作人员,都必须在标本采集、转运和处理各个环节进行全面培训。

标本采集、转运和接收这三个环节必须记录时间和签名,以保证标本质量的溯源性。

第四节 血液学检验分析前标本质量保证

一、血栓和止血检验

血栓和止血检验项目尤其依赖于标本的质量,这是因采血操作的本身就同时启动了止凝血系统。凝血因子的易变性、凝血反应对钙离子的依赖性、血小板激活的特性等均是检验结果易于变异的主要原因,故只有当血液标本在采血、抗凝、转运、离心等过程最大限度标准化后,才能保证获得止凝血试验的最佳结果。而凝血检验结果错误,可直接影响抗凝治疗的监测、出血或血栓形成的筛检和诊断。多数凝血检测结果错误的原因是分析前凝血标本的质量欠佳。

目前,已经广泛应用自动凝血仪和高灵敏度的凝血试验试剂(如检测 PT 和 APTT 的试剂),显著提高了检测的精密度和灵敏度,而同时也正因如此,检测结果的准确性对血液标本质量的依赖性也明显增加。表面上这似乎很矛盾:仪器先进了,检测结果与临床"不符合"的情况反而多了。其实,正是因为仪器检测的灵敏度增高了,故血液标本采集质量稍有不合格,就可以从仪器检测结果中反映出来。故控制止血、凝血检验的血液标本分析前各种变异因素,比以往任何时候更为重要。

1. **患者准备** 可影响止血、凝血试验的患者因素有如下。

(1) 吸烟:使血浆纤维蛋白原、vWF、凝血酶的产生增加,血小板的激活增高。

(2) 药物:应停用影响止血、凝血试验的药物至少1周。阿司匹林、非甾固醇抗炎药、激素替代疗法等可改变凝血反应性;口服避孕药使血小板黏附功能、聚集功能和凝血因子活性明显增高,纤溶活性降低;肝素和口服抗凝剂抑制凝血;尿激酶、葡激酶促进纤溶;妊娠、绝经、月经期,均可影响凝血试验;阿司匹林、双嘧达莫等能抑制血小板聚集。

(3) 运动:剧烈运动可激活凝血和纤溶活性,凝血因子Ⅷ活性迅速增高。

(4) 饮食:高脂肪饮食抑制纤溶,饮酒抑制血小板功能。

(5) 疾病:贫血使血液标本正常抗凝浓度减低,贫血本身因红细胞减少可使出血时间延长。真性红细胞增多症血液标本可使常规应用的抗凝浓度相对增高。

2. **抗凝剂** 凝血试验一般推荐枸橼酸钠抗凝剂的浓度为3.2%,因WHO用此浓度校正凝血活酶试剂,同时,也更接近血浆的渗透压。作血小板研究和血库冷沉淀试验,仍建议应用3.8%(129 mol/L)的枸橼酸钠浓度,有利于稳定凝血因子Ⅴ和Ⅷ,提高 APTT 监测肝素时的灵敏度;抗凝剂与血液的容积比为 1:9,此比例基于标本血的血细胞比容在正常范围内。枸橼酸离子不能进入红细胞内,若标本血血细胞比容异常增高或异常减低时,如不调整抗凝量,则可使 PT 延长或缩短。故需使用矫正公式:实际的抗凝剂用量=0.001 85×全血量(ml)×(1-患者 HCT%)。

(1) 不同血细胞比容对 PT、APTT 测定的影响:非常明显,血细胞比容的增高意味着血浆量的减少,如果使用常规的抗凝剂量,则抗凝剂浓度过大,抗凝作用过强,血液凝固测定的时间延长,不符合患者真实的状态,发生假性延长。相反,血细胞比容的减低意味着血浆量的增多,如果使用常规的抗凝剂量,则抗凝剂用量过小,抗凝作用过弱,血液凝固测定的时间缩短,也不符合患者真实的状态,发生假性缩短(表 2-2)。如血细胞比容为 45%,抗凝剂与血液容积比例为 1:9,则 PT 测定为 11.7 s;如抗凝剂与血液容积比例为 1:5,则 PT 测定为 18.7 s,两者相差甚远。前者 PT 通常为正常,而后者 PT 则变为异常。此外,枸橼酸钠容易变质,故试剂应新鲜,并随时检查有无混浊等肉眼可见的变化。

表 2-2　不同血细胞比容对 PT、APTT 测定的影响

血细胞比容(%)	PT(s)($\bar{x}\pm s$)	APTT(s)($\bar{x}\pm s$)
10	10.0±0.58	24.3±3.2
20	10.4±0.17	28.2±1.4
45(正常)	11.1±0.66	33.3±4.3
60	13.5±1.46	37.2±4.0
70	14.9±0.98	38.5±3.1
80	52.5±7.74	60.5±10.3

（2）使用全肝素的血液标本：可影响 PT 与国际标准化比值（INR）的测定，许多患者在肝素治疗后开始口服抗凝剂，结果可使 INR 假性增高，如无中和试剂，则 PT 延长可达 10 s。

（3）特殊检验用的抗凝要求：①测定血浆 β 血小板球蛋白（β-TG）、血浆血小板第 4 因子（PF4）、vWF、血浆纤溶酶原激活物抑制剂（PAI）：由于枸橼酸钠抗凝作用不能完全抑制血小板活化，故需选用 CTAD 抗凝剂。CTAD 抗凝剂（pH 5.32～5.38）成分：枸橼酸钠 0.105 mol/L，茶碱（theophylline，抑制磷酸二酯酶活性，阻止 cAMP 降解）15 mmol/L，腺苷（adenosine，活化腺苷酸环化酶，增加血小板内 cAMP 浓度，减少血小板体外活化）3.7 mmol/L，双嘧达莫（dipyridamol，抑制磷酸二酯酶活性，阻止 cAMP 降解，抑制血小板聚集和释放）0.198 mmol/L。使用 CTAD，血小板保存时间可超过 15 h。CTAD 尤其适用监测肝素治疗患者的 APTT 测定或抗 FXa 试验。CTAD 抗凝剂对光非常敏感，在未使用前，应保存在避光包装中。②测定纤溶活性：在溶栓治疗中，使用抗凝剂可激活纤溶系统，导致纤维蛋白原和纤维蛋白降解产物定量异常；使用抗凝剂加抗纤溶剂（抑肽酶，能抑制激肽释放酶、胰蛋白酶、糜蛋白酶、凝血因子和纤溶活性）有利于监测溶栓治疗的患者，可精确测定纤维蛋白原浓度，但可引起凝血酶时间（TT）延长。在缺乏纤溶抑制物的情况下，血浆中源自血液的纤溶酶会继续裂解标本中的纤维蛋白原，使纤维蛋白原测定水平假性减低，测定延误时间越长，测定值越低。加抗纤溶剂抑肽酶，有利于纤维蛋白原测定，但会影响 APTT 测定。

3. 采血、保存和运送

（1）压脉带：压脉带不能过紧，使用时间要短。压脉带使用＞1 min,可使局部血液浓缩、内皮细胞释放组织型纤溶酶原激活剂(t-PA)、血小板、凝血因子和纤溶系统激活,PF_4 分泌增加、凝血因子Ⅷ、vWF 增高。使用 5～6 min 后,血液中各种蛋白水平增高。

(2) 器材:普通试管或不洁净试管可激活凝血;如不加盖,可使血液中二氧化碳丢失,pH 增高,从而使凝固时间延长。应使用塑料注射器、大号针头(外径 0.8 mm 以上)、塑料试管或硅化玻璃试管,加盖,尽可能减少凝血因子活化。最好用双筒注射器采血,不能使用测定血气的注射器采血,否则凝血试验结果会延长。分离血浆应使用塑料移液器,分装储存于有盖塑料试管中。不加盖的试管使水分蒸发,二氧化碳丢失,pH 增高,使 PT 和 APTT 测定结果延长。不同材料的试管对凝血试验测定的影响如下:硅化试管凝血因子损耗最少,普通试管凝血因子损耗最大(表 2-3)。

表 2-3 不同试管对凝血试验测定的影响($n=10$, $\bar{x}\pm s$)

凝血试验	硅化玻璃试管	塑料试管	普通玻璃试管
PT(s)	11.3±0.4	11.4±0.4*	11.3±0.6
Fg(g/L)	3.79±0.25	3.69±0.31	3.58±0.36*
APTT(s)	25.3±2.5	25.6±2.4	25.9±3.5
TT(s)	20.5±1.4	21.1±1.5	19.9±1.8
FⅡ(%)	120±10.3	112±8.6	108±14.2*
FV(%)	111±8.8	104±14.0	107±16.6
FⅦ(%)	128±13.4	131±14.0	120±17.0*
FX(%)	118±9.6	113±12.2	100±13.6*
FⅧ(%)	132±19.7	128±18.7	83±21.9*

凝血试验	硅化玻璃试管	塑料试管	普通玻璃试管
FⅨ(%)	104±12.7	97±13.6	108±17.2
FⅪ(%)	105±14.1	97±13.6*	83±15.1
FⅫ(%)	106±11.7	59±17.3**	34±15.2**

与硅化玻璃试管组比:＊:$P<0.05$,＊＊:$P<0.01$。

(3)采血:应选用较大的血管采血,血管小采血时易塌陷,引起凝血、采血量不足。采血不顺利可激活凝血因子,采血时混入组织因子或产生气泡,可使纤维蛋白原(Fg)、凝血因子Ⅴ和Ⅶ变性并引起溶血,溶血又可促进凝血因子Ⅶ激活,使PT缩短和凝血。创伤性或留置导管的血标本易造成溶血、凝血。采血后应立即将血液和抗凝剂轻轻颠倒混匀(≥8次),避免用力振荡而破坏凝血蛋白和细胞。

(4)离心:凝血检测用的血标本宜立即分离血浆。大多数凝血试验用贫血小板血浆,用离心力1 000 g以上,离心20 min,以除去全血中的血小板。贫血小板血浆在22～24℃下可储存2 h。全血分离富血小板血浆,则应于室温下,用200～400 g离心力离心10 min,或800 g离心5 min。

(5)储存温度和测定时间:温度低虽可减缓凝血因子失活的速度,但低温可活化凝血因子Ⅶ、Ⅺ。储存血标本也要注意有效时间(表2-4～6),储存时间过长,凝血因子(尤其是凝血因子Ⅷ)的活性明显减低,故从标本采集到完成测定的时间通常不宜超过2 h。冷冻血浆可减低APTT对狼疮抗凝物以及对凝血因子Ⅻ、凝血因子Ⅺ、高分子量激肽原(HMWK)、血浆激肽释放酶原(PK)缺乏的灵敏度;室温下,凝血因子Ⅷ易失去活性,脂血症可使 APTT 延长。一般储存温度越低,血浆凝血因子越稳定。如试验在 4 h 内不能完成,则应将血浆分装于小试管快速冷冻,储存于−20℃或更低的温度。冷冻过的血浆不能重复冻融。冷冻血浆应立即在 37℃ 融化后测定,不能让冷冻血浆自然融化。在体外,凝血因子活性(特别是凝血因子Ⅴ、凝血因子Ⅷ)随时间延长而减低。

(6) 标本运送:标本应立即送检,时间耽搁越少,检验结果可靠性就越高。如 PT 试验标本离心应在 1 h 内完成,检测应在 4 h 内完成。对于非肝素化治疗的患者,APTT 等试验应在 4 h 内完成检测;全肝素化的标本检测 APTT 应在 4 h 内测定完毕,否则,血小板可释放 PF_4。血小板聚集试验应在采血后 2 h 内完成试验。

凝血试验标本通常应在室温下运送,低温损害血小板,活化凝血因子Ⅺ和Ⅶ。但血小板第 4 因子测定、部分凝血试验应在 4℃ 下运送,防止凝血因子Ⅴ和凝血因子Ⅱ降解。测定 t−PA 的活性和抗原、PAI−1 抗原,须稳定血小板,避免活化纤溶酶原。

(7) 拒收标本:抗凝不当、标本凝固、时间延误、溶血标本、储存温度不当、采自输液管等是止血、凝血标本主要的拒收原因。

表 2−4 用于 PT 和 APTT 测定的血浆储存温度和时间

检测项目	储存时间			
	−80℃	4℃	20℃	≥30℃
APTT	≥30 d	6 h	6 h	2 h
PT	≥30 d	24 h	6 h	4 h

表 2 - 5　温度和时间对内源性凝血因子活性测定结果的影响

测定时间	FⅧ(%)	FⅨ(%)	FⅪ(%)	FⅫ(%)
		32℃		
即刻	134	125	102	85
6 h	65(48)	82(70)	87(85)	84(98)
12 h	55(41)	73(58)	82(80)	85(100)
24 h	7(5)	37(29)	63(62)	82(96)
		20℃		
即刻	134	125	102	85
6 h	122(94)	121(96)	101(99)	87(102)
12 h	56(42)	104(83)	99(97)	83(97)
24 h	41(30)	93(74)	91(89)	86(101)
		4℃		
即刻	134	125	102	85
6 h	127(95)	121(97)	103(100)	86(101)
12 h	61(45)	112(90)	100(99)	85(100)
24 h	39(29)	106(85)	98(96)	87(102)

注:括号外数字表示实际测定的活性;括号内数字表示相当于即刻测定活性的百分率。

表 2 - 6　温度和时间对外源性凝血因子活性测定结果的影响

测定时间	FⅡ(%)	FⅤ(%)	FⅦ(%)	FⅩ(%)
		32℃		
即刻	101	105	92	105
4 h	98(97)	79(75)	88(96)	99(94)
6 h	100(99)	63(60)	70(76)	97(92)
8 h	106(105)	59(56)	51(55)	69(66)
24 h	72(71)	23(22)	23(25)	54(51)

续　表

测定时间	FⅡ(%)	FV(%)	FⅧ(%)	FX(%)
		20℃		
即刻	101	105	92	105
4 h	101(100)	100(95)	93(101)	105(100)
6 h	101(100)	85(81)	93(101)	105(100)
8 h	110(109)	65(62)	72(78)	102(97)
24 h	104(103)	46(44)	63(68)	98(93)
		4℃		
即刻	101	105	92	105
4 h	105(104)	104(99)	93(101)	103(98)
6 h	105(104)	104(99)	92(100)	106(101)
8 h	101(100)	99(94)	94(102)	82(78)
24 h	103(102)	95(90)	91(99)	83(79)
		−20℃		
即刻	101	105	92	105
4 h	100(99)	104(99)	92(100)	100(95)
6 h	99(98)	106(101)	104(113)	95(90)
8 h	99(98)	95(90)	94(102)	95(90)
24 h	90(89)	93(86)	90(98)	94(90)

注:括号外数字表示实际测定的活性;括号内数字表示相当于即刻测定活性的百分率。

4. 国际敏感指数(international sensitivity index,ISI)和国际标准化比值(international normalization ratio,INR) INR=(患者 PT/正常人平均 PT)^{ISI},ISI 为 1.0 最好。ISI 值越小,表示试剂越敏感。目前,各国大体是用国际标准品标化本国标准品。各种组织凝血活酶制剂的 ISI 必须按照新的标准品和仪器的 ISI 进行校正。对口服抗凝剂的患者必须使用国际标准化比值作为 PT 结果报告形式,并用以作为抗凝治疗监护的指标。ISI 值通常由生产试剂的厂商提供,测定 PT 后,即可计算出 INR。最初规定 INR 必须使用手工法测得;在引入凝血仪后,仪器厂商还必须提供相应的 ISI 值。使用 ISI 和 INR 可缩小各实验室 PT 测定在技术上和试剂上的差异,使监测抗凝疗法各种 PT 的检测结果有可比性。

二、血小板聚集试验

一般采血后宜 3 h 内测定完毕,血小板在冷环境下可发生黏附、聚集力增强或自行黏附,故标本应于室温保存。富血小板血浆(PRP)暴露于空气,二氧化碳弥散,pH 变化,影响测定结果。药物如腺苷、前列腺素、阿司匹林、右旋糖酐 40 等,影响血小板聚集试验。

三、血涂片制备与染色

血涂片制备和染色的质量直接影响细胞形态和检验结果。

1. 载玻片要求　载玻片应保持中性、洁净、无油腻。新载玻片常有游离碱质,应用清洗液或 10% 盐酸浸泡 24 h,然后再彻底清洗。

2. 血涂片制备　血细胞比容正常时,血液黏度较高,推片宜保持较小的角度;相反,血细胞比容低于正常时,血液较稀,推片则应用较大的角度和较快的速度。良好的血涂片的"标准"为血膜由厚到薄逐渐过渡。一张合格的血涂片应该厚薄适宜,血膜头、体、尾明显,分布均匀,边缘整齐,两侧留有一定的空隙。干燥方法很重要:将推好的血涂片在空中晃动,使其迅速干燥;天气寒冷或潮湿时可置于 37℃ 温箱中保温促干,以免时间过长导致细胞变形、缩小。

3. **Wright 染液质量** 新配染液的染色效果较差,染液放置时间越长,亚甲蓝转变为天青越多,染色效果越好。染液应储存在棕色瓶中,久置应密封,以免甲醇挥发或氧化成甲酸。

4. **血涂片染色** 血涂片应在 1 h 内完成染色,或在 1 h 内用无水甲醇固定后染色。染色过深、过浅与血涂片中细胞数量、血膜厚度、染色时间、染液浓度、pH 密切相关。染色时间与染液浓度的关系:染液淡、室温低、细胞多、有核细胞多,则染色时间要长;反之,则染色时间短。更换新染料时必须经试染,选择最佳染色条件。

(1) 染色过程:血涂片应水平放置;染液不能过少,以免蒸发后染料沉淀;加染液后可用洗耳球轻吹,让染液覆盖全部血膜;加缓冲液后要让缓冲液和染液充分混匀。

(2) 冲洗染液:水流不宜太快,应用流水将染液缓缓冲去,而不能先倒掉染液再用流水冲洗,以免染料沉着于血片上而干扰镜检时对细胞的识别。冲洗时间不能过长,以免脱色。冲洗后的血涂片应立即立于玻片架上,防止血涂片被剩余的水分浸泡而脱色。若见血膜上有染料颗粒沉积,可用甲醇或 Wright 染液溶解,但需立即用水冲洗掉甲醇,以免脱色。

(3) 脱色与复染:染色过深时,可用甲醇或 Wright 染液适当脱色,也可用水冲洗或浸泡一定时间。染色过浅时,可以复染,复染时应先加缓冲液,后加染液,或加染液与缓冲液的混合液,不可先加染液。

四、血液分析仪分析

迄今,血液分析仪在检测性能上存在的共性问题是:在血细胞形态学方面,无论是白细胞五分类还是更多细胞分类,仍然不能完全替代人工显微镜检查对复杂的异常血液细胞形态的识别能力。其原因,除了血液分析仪检测技术上的局限性外,还受到疾病时标本中已存在的多种干扰因素(表2－7)。

任何标本如立即送检显然不为过分,相反送检时间延误可使抗凝血细胞形态改变。如:30 min 内中性粒细胞等粒细胞开始变化,包括细胞肿胀、核分叶,细胞颗粒丢失,出现空泡;随后,出现核分叶间桥的伸展;红细胞钾离子漏出,红细胞变为巨红细胞和球形细胞。转运时,防止振摇破坏细胞发生溶血;应加盖防止二氧化碳丢失,以免 pH 增高。用 EDTA 抗凝血做细胞形态学检查,必须在采血后 4 h 内完成涂片。细胞形态改变会影响血液分析仪对细胞计数和分类的准确性。

同手工法血小板计数一样,血液分析仪血小板计数准确性最易受各种因素干扰,如:采血困难血小板计数可呈假性减低;4℃保存血标本可激活血小板(血标本做全血细胞计数应保存于室温);稀释液有杂物或有微生物颗粒污染,可严重干扰血小板计数结果;抗凝剂 EDTA、肝素可引起的血小板假性减低。

表2－7　常见影响血液分析仪分析的标本干扰因素

分析参数	标本干扰因素
白细胞计数和分类(WBC, DC)	冷凝集、血小板凝聚、大血小板、有核红细胞、冷球蛋白、红细胞不溶解(血红蛋白病、严重肝病或新生儿患者标本)、冷纤维蛋白原、脆性白细胞、极端高胆红素血症、髓过氧化物酶缺乏、直径＞35 μl 的未溶解颗粒、白细胞碎片或其他碎片、白细胞凝聚、血红蛋白 C 结晶、微小凝块(白细胞分类)、高三酰甘油(影响细胞溶解)

分析参数	标本干扰因素
红细胞计数(RBC)	冷凝集、严重小红细胞增多、红细胞碎片、大量巨血小板、体外溶血、白细胞增高、自凝集、小白细胞(当白细胞超过 $100\times10^9/L$ 及红细胞平均体积增高时)、纤维蛋白、细胞碎片或其他碎片
血红蛋白浓度(HGB)	脂血症(>7 g/L)、异常血浆蛋白、严重白细胞增多($>250\times10^9/L$)、胆红素增高(>330 mg/L)、体内溶血、红细胞溶解抵抗、肝素、血红蛋白结晶、用非氰化物试剂在低于 25℃时测定血红蛋白
血细胞比容(HCT)	冷凝集、严重白细胞增多($>10\times10^9/L$)、异常红细胞脆性、球形红细胞增多
红细胞平均体积(MCV)	白细胞增高伴大红细胞贫血、高血糖、体外溶血、巨大血小板增多、冷凝集、自凝集、冷球蛋白、高浓度血小板、红细胞碎片(<36 μl)、红细胞僵硬、血小板卫星现象、白细胞碎片、小红细胞、异常血浆蛋白、高葡萄糖血症、不可逆镰形红细胞
红细胞平均血红蛋白含量(MCH)	随红细胞、血红蛋白浓度影响因素而变化
红细胞平均血红蛋白浓度(MCHC)	随血红蛋白浓度、血细胞比容影响因素而变化
血小板计数(PLT)	假性血小板减少症、血小板聚集、小红细胞增多、巨血小板、白细胞和红细胞碎片、血小板碎片、体外溶血、冷球蛋白、体外溶血、自凝集素、血小板卫星现象、电子噪声、肠道高剂量脂质营养患者标本
有核红细胞计数(NRBC#)	小淋巴细胞
红细胞分布宽度-S值(RDW-S)	随红细胞影响因素而变化
红细胞分布宽度-CV值(RDW-CV)	随红细胞影响因素而变化

续　表

分析参数	标本干扰因素
血小板分布宽度（PDW）	随血小板计数影响因素而变化
平均血小板体积（MPV）	随血小板计数影响因素而变化
大血小板比率（P‑LCR）	随血小板计数影响因素而变化
网织红细胞计数和百分率（RET♯，RET%）	冷凝集、诊断性荧光染料（如巨大或凝聚的血小板荧光）、荧光药物、疟疾
未成熟网织红细胞比值（IRF）	随网织红细胞计数影响因素而变化
低、中、高荧光强度网织红细胞比值（LFR、MFR、HFR）	随网织红细胞计数影响因素而变化
未成熟粒白细胞计数和百分率（IG♯，IG%）	随白细胞计数和（或）白细胞分类影响因素而变化

　　总之，尽可能排除血液检验标本分析前的各种干扰因素，是血液学检验项目获得准确检测结果的首要保证。

（熊立凡）

参考文献

1. 熊立凡，刘成玉. 临床检验基础. 第 4 版. 北京：人民卫生出版社，2007.5～18，110～112

2. McPherson RA，Pincus MR. Henry's clinical diagnosis and management by laboratory methods. 21st ed. Philadelphia：Saunders. 2007. 20～30

3. McGlasson DL. Laboratory variables that may affect test results in prothrombin times（PT）/international normalized ratios（INR）. Lab Med. 2003,34(2)：24～29

4. Tatsumi N，Miwa S，Lewis SM：Specimen collection，storage，and transmission to the laboratory for hematological tests. Int J Hematol，2002,75：261～268

5. Lewis SM，Bain BJ，Bates I. in：Dacie and Lewis. Practical haematology. 9th ed. London：Churchill Livingstone，2001. 1～8

第三章
体液检验标本分析前质量保证

第一节　尿液标本

一、采样前质量保证

在采集尿液标本前,首先要知道患者状态和采集时间对尿液标本的影响,才能控制好尿液标本采集前的质量。

1. **患者生理状态**　在分析前质量管理过程中,患者的准备及生物学变异直接影响检测结果的准确性,主要包括年龄、性别、妊娠、月经等因素。这些非检验人员所能控制的因素,需医生、护士、患者共同配合才能使标本完全反映患者的实际状态(表 3−1)。

因此,应尽可能避免患者饮食、用药、活动、情绪、月经等状态对尿液检验的影响,主要通过告知患者的方法对标本进行质量控制。医护人员(包括检验人员)应了解标本采集前各具体检验项目对患者状态的要求,将相关要求和注意事项以各种方式告知患者并要求患者切实配合。

表 3-1 患者生理状态对尿液检测的影响

因素	影响
情绪	精神紧张和情绪激动可影响神经-内分泌系统,使尿儿茶酚胺增高,严重时可出现生理性蛋白尿
年龄	不同年龄新陈代谢状态不同,检测指标也存在明显的差异,因此,应调查和设定不同年龄段的参考值,以消除年龄因素对结果的影响。如 50 岁以上的人,肌酐清除率会随肌肉量的减少而降低
性别	尿液有形成分参考值男女不一,如尿白细胞参考值女性比男性高
月经	月经周期影响尿红细胞检查
妊娠	妊娠期人绒毛膜促性腺激素(hCG)含量不断变化,妊娠初始 7 d 常难以检出,之后开始增高。在妊娠后期,由于产道微生物代谢物污染,使尿白细胞定性检查出现假阳性

2. 患者生活习惯 生活习惯对尿液检测的影响见表 3-2。

表 3-2 生活习惯对尿液检测的影响

因素	影响
饮食	高蛋白饮食可使血尿素、尿酸增高;高核酸食物(如内脏)可导致尿酸明显增加;多食香蕉、菠萝、番茄,可增加尿 5-羟吲哚乙酸的排泄;某些餐后尿糖会增高
饥饿	长期饥饿可以使尿酸增加、酮体增加
运动	运动使人体各种生理机能处于与静止时完全不同的状态,会导致体内许多检测指标发生改变,如长途跋涉后尿肌红蛋白增高
饮酒	长期饮啤酒者尿液中尿酸增高

3. 尿液标本保存 尿液标本保存时间和温度会对检验

结果产生影响,一般随着保存时间的延长,尿中有形成分将会有不同程度的破坏,细胞、管型将逐渐减少,而结晶、细菌逐渐增加(表3-3)。

表3-3 不同保存温度、保存时间下尿标本中尿有形成分检测结果的变化

时间	红细胞 (µl) (18~30℃)	红细胞 (µl) (6℃)	白细胞 (µl) (23~25℃)	白细胞 (µl) (6℃)	颗粒管型 (LP) (28~30℃)	透明管型 (LP) (28~30℃)
立即	1 706	1 706	333	333	32	32
2 h	1 620	1 682	300	310	28	25
4 h	1 148	1 311	147	268	20	12
6 h	1 080	1 252	111	221	15	7
8 h	780	1 040	76	132	9	3

4. 理化学因素 尿检验项目受理化学因素影响甚多,如表3-4所示。

表3-4 物理及化学因素对尿液分析的干扰

项目	假阳性	假阴性
尿蛋白	碱性尿、季铵盐	本-周蛋白、黏蛋白、大剂量青霉素
葡萄糖	过氧化氢	维生素 C(750 mg/L)、乙酰乙酸(400 mg/L)、大剂量青霉素、长期服用左旋多巴、高比重尿(>1.020)
胆红素	大剂量氯丙嗪	阳光照射、亚硝酸盐、维生素 C(250 mg/L)

续 表

项 目	假 阳 性	假 阴 性
尿胆原	胆红素、酚噻嗪	阳光照射、服用对氨基水杨酸
酮体	苯丙酮酸尿、BSP、左旋多巴、头孢类抗生素	标本湿度、温度不当;检测前试带已受长时间光照
红细胞	过氧化氢、肌红蛋白尿、不耐热酶	甲醛、高比重尿($>$1.020)、维生素 C(100 mg/L)、高蛋白尿
白细胞	甲醛、胆红素尿、呋喃坦啶	高比重尿($>$1.020)、庆大霉素、高浓度草酸
亚硝酸盐	标本久置污染细菌	维生素 C

同时,标本采集器材如尿杯、试管等应严格按标准采购,离心机、离心管、检测仪器应符合要求并定期严格校准,仪器、器材及工作环境应随时保持整洁。

二、采样中质量保证

尿液收集要求应根据检查项目而定,应告知患者关于尿液标本采集的目的。

1. 尿标本基本种类

(1)首次晨尿:指清晨起床、未进早餐和做运动之前的尿液。通常晨尿在膀胱中存留的时间达 6~8 h,各种成分浓缩,已达检测或培养所需浓度。可用于肾浓缩功能的评价、绒毛膜促性腺激素测定以及血细胞、上皮细胞、管型及细胞病理学等有形成分分析。住院患者最适宜收集晨尿标本。在标本采集前 1 d,应提供患者尿采集容器和书面说明,如外阴和生殖器清洁方法、留中段清洁尿的注意事项等。晨尿采集后在 2 h 内送检,否则应采取适当的防腐措施。需注意,晨尿中高浓度的盐类冷却至室温时可形成结晶而干扰尿液形态学检查。

(2)随机尿:指患者无需任何准备、不受时间限制、随机排出的尿液标本。随机尿标本新鲜、易得,但也易受多种因素影响,如摄入大量液体或剧烈运动可影响尿液成分。随机尿标本最适合于门诊、急诊患者尿液筛查试验。

(3)计时尿:指收集一段时间内的尿液标本,如收集治疗后、进餐后、白天或卧床休息后的 3 h、12 h 或 24 h 内全部尿液。准确计时和规范说明是获得可靠的计时尿检查结果的重要前提。计时尿常用于物质的定量测定、肌酐清除率试验和细胞学研究等。

1)餐后尿:午餐后 2 h 的尿标本。该标本用以检查病理性蛋白尿、糖尿、尿胆原等更为敏感,临床用于肝脏病、肾脏病、糖尿病、溶血性贫血等的检验。

2)3 h 尿:即收集上午 3 h 的尿液标本。具体做法是:嘱患者于留尿前 1 d 多进食高蛋白食物,少饮水,使得尿液浓缩成偏酸性,不含晶型或非晶型盐类。留尿日早晨禁餐,上午 8时排尿弃去,然后卧床 3 h,至 11 时清洗外阴后排尿,力使膀胱排空,将尿盛于一洁净、无菌、无杂质、封闭的容器中,及时检验。适用于测定患者尿每小时或每分钟的细胞排泄率。

3)12 h 尿:患者可正常进食,晚上 8 时排尿弃去,以后12 h 的尿全部收集于一干净容器内(包括次晨 8 时的尿液)。常用于细胞、管型等有形物质的计数,亦可用于生化检验。

4)24 h 尿:患者早上 8 时排尿弃去,以后 24 h(包括次晨8 时)的全部尿液收集在 1 个带盖的洁净容器内,容器内应加防腐剂,此种防腐剂不应干扰被测物质。临床用于检测体内代谢产物,如肌酐、肌酸、尿素、蛋白质、激素、电解质、17 -羟酮类固醇、儿茶酚胺等,以及用于尿浓缩沉渣或培养结核杆菌等。

(4) 培养用尿:即用来对肾或尿路感染患者的尿作病原微生物培养、鉴定以及药物敏感试验的尿液标本。要求避免污染。常采用以下方法。

1) 中段尿:先清洗外阴,再以 0.1‰新洁尔灭溶液清洁和消毒尿道口,在不中断尿流的情况下,以无菌操作接中间一段尿液于无菌试管或无菌容器内。

2) 导尿:即用导管导尿法收集未污染的尿标本。尿液须盛入无菌试管或无菌容器内,及时送检。缺点是可能使尿路发生新的感染,故目前趋向于不用或少用该方法。

3) 耻骨上膀胱穿刺尿:即通过耻骨上膀胱穿刺术获得的尿标本,可以避免污染。Akonson 提出,如这种尿液白细胞数超过 $10/\mu l$,就应认为有肾脏或尿路感染;如低于这个数值则没有细菌。2 岁以下小儿行耻骨上膀胱穿刺术可有 5%左右的失败率,故不常用。

(5) 特殊尿标本:为某种特殊检查所留取的尿液标本。

1) 尿乳糜检查标本:乳糜尿尿液呈现白色,且有光泽。系肾淋巴管破裂,淋巴管内乳糜液进入尿内所致。留尿的容器必须清洁干燥,切忌有油迹,如需用导管导尿术采取标本时,忌用油类作润滑剂,以免影响检尿结果。临床用于丝虫病和某些肿瘤患者的诊断。

2) 尿隐血检查标本:即检查尿液中是否含有血红蛋白的尿液标本。集尿的容器最好是无色的玻璃瓶,必须十分洁净,不应混有铜质、硝酸、福尔马林等,以免影响检验结果。留尿前 3 d 禁服碘化物和溴化物等药物,以防产生假阳性反应。该检查适宜于检查血红蛋白尿的病例。

3）尿胆色素检查标本：即检验胆红素、尿胆原和尿胆素的尿液标本。标本必须是新鲜尿液，留尿后要迅速检验。留尿前禁服磺胺类药物，尿液标本要防止与甲醛相遇。临床上尿胆色素检查用于黄疸的鉴别诊断。

4）卟啉尿检查标本：留新鲜尿 50 ml 于有色的清洁尿标本瓶内作分光镜检测。留尿前不能饮酒，也不宜服用巴比妥类、磺胺类、氯氮䓬、甲丙氨酯、苯妥英钠等药物，以免引起症状性卟啉尿而混淆检验结果。留取的标本不要暴露于阳光下，否则尿液可变成红色。该检测用于疑似血卟啉病的检查。

5）尿路感染定位检查标本：尿路感染定位检查采用膀胱冲洗后标本，即插放导尿管，取晨尿（0 号管）作培养；排空尿液后注入 100 ml 内含卡那霉素 1.0 g 和 α 糜蛋白酶 10 mg 的生理盐水进行膀胱内灭菌，在膀胱内保留 45 min 后排空，再用 2 000 ml 生理盐水分次冲洗膀胱，以排空膀胱时的最后数滴冲洗剂作培养（1 号管）；以后每隔 15 min 取尿一次作培养，共 4 次（分别为 2、3、4、5 号管）。

6）泌尿系统出血或炎症定位检查标本：用尿三杯试验标本。患者连续排尿，分别留取前段、中段、末段的尿液，分装于 3 个尿杯中。第 1、3 杯各留取 10 ml，第 2 杯（尿杯容量宜大些）留取其余大部分尿。

7）尿红细胞形态检查标本：患者清洁外阴，保持正常饮食习惯，不要大量饮水，清晨 5～6 时排第 1 次尿，留取第 2 次中段晨尿 10 ml，于一次性锥形刻度离心管中，以 400 g 离心力水平离心 10 min，弃上清液，留 0.25 ml 尿沉渣液。该检查主要用于泌尿系统出血部位的判断。

8) 肾浓缩稀释功能检查:患者普通饮食,不再另外饮水。晨 8 时排尿弃去,自 10 时起至 20 时止,每隔 2 h 收集尿 1 次,此后至次晨 8 h 合并留 1 次,测量并记录每次尿量和比重。

9) 尿排泄功能检查:用酚红排泄试验,试验前 2 h 禁止饮水,开始试验时饮水 300～500 ml,以利排尿。20 min 后排尿并弃去该次尿,准确地静脉注射 1 ml 酚红注射液,记录时间。注射后第 15 min、30 min、60 min 及 120 min 分别收集尿液,每次均排空膀胱,记录每次尿量,用于比色测定。

10) 新生儿及婴幼儿尿检查:新生儿及婴幼儿留尿比较困难,常用下列方法留尿:清洁外阴,用 0.1% 苯扎溴铵消毒尿道口,然后将洁净的标本瓶紧贴尿道口,男婴的阴茎必须套入瓶口内(或用阴茎套接管再通入标本瓶),并用胶布固定,避免滑脱,且兜好尿布。

2. 尿标本采集重要注意点

(1) 尿标本量:收取尿量也因项目不同而不同,一般常规检验留取 10 ml 已足供检查,计时尿则常需留在定时范围内的全部尿液,且需准确计时,一般于开始前排出膀胱中残留尿液,然后开始计时留尿,于到达规定时间时即行排尿。

(2) 尿液容器:尿容器量应足以完成常规检验,一般可为 200～300 ml;留 24 h 尿的容量需达 2 L 或更大,且清洁、干燥便于存放。目前普及塑料杯留尿,对于患者和检验均有便利,然而用于留取定时尿则容量太小,检验室应另备容器或由患者自备。

(3) 避免污染:女性要避免阴道分泌物或月经血混入尿内;男性则要避免前列腺液或精液混入。必要时可接中段尿或导尿。

(4) 及时送检:留取标本后,应立即送检,并在 2 h 内检查完毕,以免久置后尿标本成分改变和细菌污染,造成尿内化学物质和有形成分(如细胞、管型等)检查错误。若不能及时检验,应置冰箱保存,但碱性尿内有形成分即使在低温环境下也容易溶解破坏。

三、标本保存

因尿液成分不稳定,排出后即开始发生理化变化,如胆红素、尿胆素原被氧化;抗坏血酸消失;某些酯类出现水解和光解反应以及细菌污染等。病原微生物(如细菌)在尿内生长,可导致尿液出现以下改变而影响检验结果:①尿素经细菌碱性酵解,生成 $(NH_4)_2CO_3$,使尿 pH 增高,有形成分被破坏;②葡萄糖被降解,使病理性糖尿消失;③菌体蛋白与病理性蛋白尿相互干扰。因此,应提倡常规检查在排尿后尽快进行,最好不超过 30 min,其他尿液标本在采集后 2 h 内分析完毕,否则应采取适当处理或以适当的方式保存。

1. 冷藏 置尿液于 4℃即可。尿多数化学成分及有形成分在 pH 为 6 时冷藏最为妥当,例如 24 h 尿肌酐和蛋白质定量检查也不必另加防腐剂。

2. 防腐 应根据检查目的而定,所加防腐剂主要抑制细菌或真菌生长,或为细胞成分稳定剂,常用的化学防腐物质有麝香草酚、甲醛、甲苯、盐酸、硼酸、浓盐酸、磷酸钠、氟化钠、冰乙酸、氯乙啶等,但没有一种可以完全通用,且没有一种可以防止胆红素、尿胆原和隐血分解的防腐剂。

(1) 防腐片:为一种对尿液化学成分和有形成分较有利的保存剂,但尿样不能供钾、钠、尿胆原和激素的测定。此片剂适用于远途送检,每50～60 ml尿液加1片。用此片剂后会影响尿液比重,如每片加入的尿液量小于50 ml,则比重稍有增加,即每片加入的尿量为40 ml则比重增加0.003,35 ml增加0.004,30 ml增加0.005,25 ml增加0.006,20 ml增加0.007,15 ml增加0.009,10 ml增加0.013,5 ml增加0.025。

(2)甲醛:浓度为36%～40%,主要用于有形成分的保存。每100 ml尿液加甲醛0.2～0.5 ml,或24 h尿液用10 ml,不可过多,否则会引起尿液沉淀,影响显微镜观察。甲醛具有还原性,对班氏尿糖检查不发生干扰,但费林试条可能呈假阳性,一般不适合尿糖等化学成分检查。甲醛可使尿胆原成假阴性。

(3)盐酸:在检查激素时常用盐酸使尿液酸化(pH<3.0),以利保存。适用于类固醇、香草扁桃酸等测定,但有形成分破坏,尿酸沉淀析出。24 h尿液可加浓盐酸10 ml,但浓盐酸可发生意外,所以容器要耐腐蚀、耐压,务必告知使用者小心,以免烧灼皮肤、衣物等。以加入6 mol/L盐酸25 ml为妥。

(4)麝香草酚:为多种化学组分的稳定剂,每100 ml尿液加入0.1 g结晶。该防腐剂既能抑制细菌生长,又能保存有形成分,用于尿浓缩结核菌检查。但过量对乙酸加热法测蛋白质有干扰,会出现假阳性,但对利用pH误差原理的试纸条法则不干扰。

(5)硼酸:每30 ml尿液加5 mg,或每升尿液加10 g,可延缓尿中化学组分和有形成分的分解破坏,24 h内可抑制一般细菌,但不能抑制真菌生长,并会使尿酸沉淀。会干扰常规尿液筛检的酸碱度,用于样品的运送以及检测蛋白、尿酸等的尿标本防腐。

（6）甲苯、二甲苯：加入足够量甲苯（每 100 ml 尿中加入甲苯 0.5～2 ml），可在尿标本表面形成一薄层，阻止标本与空气接触，达到防腐效果，且能保持标本中化学物质的稳定性，所以是做尿液化学检查最好的常用防腐剂。

（7）氟化钠、氯乙啶：用于尿糖测定，防止尿糖酵解，每升尿加 5％氯乙啶 5 ml。

（8）冰乙酸：用于醛固酮、儿茶酚胺、雌激素等检测的标本防腐。

几种特殊定量试验尿标本的防腐法见表 3－5。

表 3－5　特殊定量试验尿标本防腐法

被检物或试验	标本类型	防腐剂	用量与用法
Addis 计数（现少用）	12 h（夜尿）	甲醛	总量 5～10 ml，首剂量应按第一次排尿量的 0.5％加入
肾上腺素、去甲肾上腺素、儿茶酚胺、香草扁桃酸	24 h	浓盐酸	总量约 10 ml，维持 pH 为 2
醛固酮	24 h	冰醋酸	总量约 10 ml，维持 pH 为 4.5
卟啉	24 h	Na_2CO_3	10 g，标本置于棕色瓶
5-羟色胺	24 h	冰醋酸	总量 25 ml，维持 pH 为 2
类固醇	24 h	浓盐酸	总量 10 ml

四、标本转运

应尽量减少运送环节和缩短储存时间，标本传送应做到专人、专业且有制度约束，才能避免标本传送过程中因客观、主观因素造成的检测结果不准确。用轨道传送带或气压管道运送时务必防止尿液产生过多的泡沫,防止因此引起细胞破坏和溶解;运送过程要注意生物安全,防止标本漏出而污染环境、器材和衣物等。

五、标本接收

1. 标本接收　必须认真核对标本的姓名、临床医生申请项目及细节,核对标本类型和使用的容器。对确认不符合尿液采集规定要求的标本,应拒绝接收。标本拒收常见原因包括:采集容器不当、采集量不足或错误、转运条件不当、申请和标本标签不一致、标本污染、容器破漏等。

2. 标本拒收　不但可造成检验费用增高和时间耗费,还可危害患者。故对所有涉及标本采集的工作人员,都必须在标本采集、转运和处理各个环节进行全面的培训。必须在标本采集、转运和接收这 3 个环节分别记录时间和签名,以保证标本质量的溯源性。

第二节　粪便标本

一、采样前质量保证

1. 容器和容量　容器应容量合适、清洁、干燥、无吸水性、无漏水、有盖。大小容器一般分别可容纳粪便标本 30 g 和 10 g。标本不应混有尿液、水或其他成分,以免破坏有形成分、病原菌死亡和污染腐生性原虫、真菌孢子、植物种子、花粉等。

2. 患者准备　采集检测前应告知患者停用影响检验结果的药物和食物,应在服用药物之前采集,服抗生素者应停药3 d后采样。标本不得混有尿液、消毒剂、自来水等。

二、采样中质量保证

首先粪便标本采集部位应正确,需从粪便表面深处多个部位及含有黏液、脓血等病理性成分处挑取。常规标本采集后一般情况下应于 1 h 内检查完毕,否则可因 pH 及消化酶等影响导致有形成分破坏分解。

1. 常规检查　新鲜标本,选择含有异常成分的粪便,如黏液或脓血等病理成分;外观无异常的粪便必须从表面、深处多处取材,取 3~5 g 送检。

2. 隐血试验　如用化学法检查隐血,应嘱患者试验前 3 d 禁食肉类、血类食品,并停服铁剂及维生素 C,以免干扰;应连续检查 3 d,选取外表及内层粪便;应迅速送检,以免长时间放置使隐血反应的敏感度降低。

3. 寄生虫检查　送检时间一般不宜超过 24 h,如检查肠道原虫滋养体,应立即检查。常见寄生虫检查粪便采集要求见表 3-6。

表 3-6　常见寄生虫检查粪便采集要求

项　目	评　价
阿米巴滋养体	从粪便脓血和稀软部分取材,立即送检;运送及检查时均需保温以保持滋养体活力

项　目	评　价
血吸虫孵化毛蚴	标本至少取 30 g,必要时取全份标本送检;如查寄生虫虫体及作虫卵计数时,应采集 24 h 粪便
蛲虫卵	用浸泡生理盐水的棉签或透明薄膜拭子于晚 12 时或晨排便前,自肛门皱襞处拭取粪便送检
连续送检	原虫和某些蠕虫有周期性排卵现象,未查到寄生虫和虫卵时,应连续送检 3 d,以免漏检

4. 脂肪定量试验　先定量服食脂肪膳食,每天 50～150 g,连续 6 d,从第 3 天起开始收集 72 h 内的粪便,也可定时口服色素(如刚果红),作为留取粪便的指示剂,将收集的标本混合称量,从中取出 60 g 左右送检。如用简易法,可在正常膳食情况下收集 24 h 标本,混合后称量,从中取出 60 g 粪便送检。

5. 粪胆原定量试验标本　应连续收集 3 d 的粪便,每天将粪便混匀称重后取出 20 g 送检。查胆汁成分的粪便标本不应在室温下长时间放置,以免阳性率减低。

三、标本保存

聚乙烯醇固定保存液配制方法如下:饱和氯化汞62.4 ml,加 95% 乙醇 31.2 ml,混合,加甘油 1.5 ml、聚乙烯醇5 g,加聚乙烯醇时要不断搅拌,并加温至 75℃ 左右,直至溶液透明。将保存液分装于有盖小瓶内,每瓶 5 ml,室温储存可用半年。临用时取粪约 1 g 置于聚乙烯醇固定保存液中混匀,标本中虫卵、原虫可保存数月之久。

四、标本送检

采集标本后以及时送检为原则,一般常规检查不应超过1 h送检,寄生虫和虫卵检查不宜超过24 h,如检查阿米巴滋养体,则须立即送检,寒冷季节尚需保温,以免滋养体失去活动力,难以检出。

第三节 其他体液标本

一、脑脊液

1. **标本采集** 一般由临床医师进行腰椎穿刺术采集。在有蛛网膜下腔阻塞时,则需作小脑延髓池穿刺,亦可作脑室穿刺。穿刺后先做压力测定,然后将脑脊液分别收集于3个无菌试管中,第1管作细菌学检查,第2管作化学或免疫学检查,第3管作细胞计数,每管收集1~2 ml即可。

2. **标本转运** 脑脊液标本必须由专人或专用的物流系统转运。为保证安全及防止标本溢出,转运过程中应采用封闭的容器。如标本溢出,则立即采用0.2%过氧乙酸溶液或75%乙醇溶液消毒被污染的环境。

3. **标本保存和接收** 脑脊液标本必须立即送检,不得超过1 h;不能及时检查的标本需保存于2~4℃环境中,常规标本检查不应超过4 h。标本久置可影响检验结果:①细胞破坏或沉淀,或纤维蛋白凝集成块,导致细胞分布不匀而使计数不准确;②细胞离体后迅速变形乃至渐渐消失,影响分类计数;

③葡萄糖迅速分解,造成含糖量降低;④细菌溶解,影响细菌(尤其是脑膜炎球菌)检出率。合格脑脊液标本基本要求为:检验申请单填写清楚、注明初步诊断、专用容器标识清晰、采集量大于 1 ml 且无外溢。

二、浆膜腔积液

1. **标本采集**　一般由临床医师在无菌条件下,根据需要进行胸腔、腹腔、心包腔穿刺收集。最好留取中段液体于消毒容器内,常规及细胞学检查约留取 2 ml,生化检查留取 2 ml,厌氧菌培养留取 1 ml,结核菌检查留取 10 ml。为防止浆膜腔积液标本采集时出现凝块、细胞变性、细菌破坏自溶等,常规及细胞学检查宜用 EDTA - K$_2$ 抗凝,生化检查标本宜用肝素抗凝。另留一管标本不加任何抗凝剂,用以观察有无凝固现象,以作对照。

2. **标本转运**　防止浆膜腔积液标本采集时出现凝块、细胞变性、细菌破坏自溶等,采集后应立即送检,否则应在标本内加 10% 乙醇,放置冰箱保存,但不要超过 2 h。浆膜腔液放置过久,细胞可破坏或纤维蛋白凝集成块,导致细胞分布不均匀而使计数不准确,葡萄糖酵解使糖含量减低。标本转运必须保证安全,如有溢出,应立即采用 0.2% 过氧乙酸或 75% 乙醇消毒被污染的环境。

3. **标本保存和接收**　标本收到后应及时检查,否则应放置于 2~4℃ 环境中保存,常规检查不要超过标本采集后 4 h;容器标识应与检查申请单一致,浆膜腔积液常规、生化检查的标本必须在采集后 2 h 之内送检。

三、精液

1. **标本收集**　一般在停止性交 4～5 d 后采取,这是根据精细管的造精功能需要恢复的天数来确定。如怀疑精子形成低下时可禁欲 7 d 后再采取标本,采前排尽尿液,将 1 次射出的全部精液直接排入洁净、干燥的容器内(不能用避孕套)。采集微生物培养标本需无菌操作。采集以手淫法为宜,采集室最好在实验室附近,不能用乳胶避孕套作为容器,以免影响精子活力。标本采集次数因精子生成时间变动较大,不能仅凭 1 次检查结果做出诊断。一般应隔 1～2 周检查 1 次,连续检查 2～3 次。

2. **标本转运、保存、处理**　精液采集后应立即保温送检(可将标本瓶装入内衣口袋贴身送检,1 h 内)。温度低于 20℃或高于 40℃将影响精子活动。精液内可能含有乙肝病毒、HIV、疱疹病毒等,应按潜在生物危害物质处理。

四、前列腺液

一般由临床医师用前列腺按摩法获取标本。嘱患者排尿后,先从上向下按摩前列腺左右两叶各 2～3 次,或从前列腺的两侧向中线各按压 2～3 次,再挤压会阴部尿道,白色前列腺液便从尿道口流出。用玻片接取标本检查,多时弃去第 1 滴前列腺液。如做前列腺液检查,则应先清洗尿道口,再用无菌容器收集送检。采集前应掌握前列腺按摩禁忌证,如前列腺结核、脓肿、肿瘤或急性炎症且有明显压痛时,应禁忌采集标本。采集前患者应禁止性活动,以免白细胞增加。

前列腺液标本采集少则 1～2 滴,多则可达 1 ml。当标本过少时,特别需注意及时检验。

五、阴道分泌物

一般由妇产科医师采集。采用消毒刮板、吸管、棉拭子自阴道深部或穹隆后部、宫颈管口等部位,用盐水棉拭子取材,浸入有生理盐水 1~2 ml 的试管内,立即送检。制成生理盐水涂片或进行各种染色(如巴氏染色、吉姆萨染色、革兰染色等)可观察阴道分泌物,进行病原微生物和肿瘤细胞的筛查。标本采集前,患者应停用干扰检查的药物;月经期间不宜进行阴道分泌物的检查;检查前 24 h 禁止盆浴、性交、局部用药及阴道灌洗等。容器和器材应清洁干燥,不含任何化学药品。采集细菌学检查标本应无菌操作。

标本采集后要防止污染,检查滴虫的标本应注意 37℃ 保温,立即送检。

六、痰液

1. 标本采集　有自然咯痰(主要留取法)、气管穿刺吸取、经支气管镜抽取法等。要求如下。

(1) 标本新鲜:尤以作细胞学检查者更为重要。

(2) 痰液质量:要求患者先用清水漱口数次,然后用力咯出气管深处的痰。

(3) 无痰或少痰者:可用经 45℃ 加温的 100 g/L 氯化钠水溶液雾化吸入,促使痰液易于咯出。

(4) 小儿标本:可轻压胸骨柄上方,诱导咯痰。

(5) 昏迷患者:可于清理口腔后,用负压吸引法吸取痰液。

（6）查结核菌：如用漂浮法或浓集法查结核菌，需留 12～24 h 痰液。

2. 标本转运、保存　将痰盛于清洁杯中或蜡质硬纸盒等容器内加盖，标本不能外溢，必须立即送检，以免细胞与细菌自溶破坏。测 24 h 痰量或观察分层情况时，应将痰咯于无色广口瓶中，并加石炭酸以防腐。如欲保存可置冰箱内。

七、关节腔穿刺液

1. 标本采集　临床医师在无菌操作下，进行关节腔穿刺采集标本。标本采集用无菌管：第 1 管做一般性状检查和微生物检查；第 2 管用肝素抗凝做细胞学及化学检查；第 3 管不加抗凝剂，观察是否发生凝固。当关节穿刺液仅数滴时，标本应连同注射器一起送检。

2. 标本转运、保存和处理　标本应及时送检，如需保存，必须离心分离细胞，以免细胞中的酶改变标本成分；2～4℃环境下可保存数天，检测补体或酶等指标的标本应保存在－70℃；试验性关节穿刺为阳性时，可将穿刺针内的血液成分或组织做晶体检查、革兰染色及培养，如怀疑关节感染而穿刺结果为阴性时，可取关节腔清洗液作细菌培养。

八、羊水

1. 标本采集　羊膜穿刺多由妇产科医师进行。根据不同检查目的，选择不同的穿刺时间。诊断遗传性疾病和胎儿性别，一般需于妊娠 16～20 周经腹羊膜腔穿刺取羊水 20～30 ml；检测胎儿成熟度则在妊娠晚期穿刺。

2. 羊水标本转运、保存　一般抽取羊水离心后立即送检,否则应于 4℃保存。细胞培养和染色体分析标本应置于37℃保存,细胞学检查标本应避免使用玻璃容器,以免细胞黏附于玻璃。胆红素测定标本应用棕色容器保存。羊水上清液做化学分析应在冷冻下转运。

九、胃液

1. **标本采集**　目前多采用基础胃酸分泌测定。测定在规定时间内未受进餐和药物影响所持续分泌的胃酸量,称为基础胃酸分泌试验。检查前一天,停用一切碱性药物或抗胆碱能药物,禁食 12 h,次日空腹直接连续抽取 1 h 空腹胃液,作基础胃液分泌量测定。在抽完基础胃酸分泌量试验的标本后,用五肽胃泌素作刺激剂,并继续抽取胃液,连续收集每15 min 的胃液标本,共 4 次,分别注入另外 4 个瓶内送检,作最大胃酸分泌量及高峰胃酸分泌量测定,更有临床意义。

2. **标本转运**　由于胃液存在盐酸和胃蛋白酶等,因而细胞、细菌等易被破坏,故采样后需及时送检。

十、十二指肠引流液

1. **标本采集**　一般由临床医师空腹采样,用双腔管先抽尽胃液(D 液,灰黄或淡黄色),然后注入 33%硫酸镁 50～100 ml,使 Oddi 括约肌松弛,抽出硫酸镁溶液,然后收集胆总管胆汁(A 胆汁,金黄色),引流 10～20 ml 后继续引流,当液体呈棕褐色或深褐色黏稠液体时则为胆囊胆汁液(B 胆汁,深褐色),一般收集 30～60 ml,当流出液体颜色逐渐变淡,呈柠檬黄色且稀薄时,则为肝胆管胆汁(C 胆汁,柠檬色),收集此部分。需要细菌培养者,应以无菌操作,分别留取 A、B、C 胆汁各 1 ml 于无菌试管中送检。

2. 标本转运　分别留取 A、B、C、D 液,及时送检。

(季慧峰　熊立凡)

参考文献

1. 熊立凡,刘成玉.临床检验基础.第 4 版.北京:人民卫生出版社,
   2007.129～259

2. 叶应妩,王毓三,申子瑜.全国临床检验操作规程.第 3 版.南京:
   东南大学出版社,2006.275～331

3. Young DS. Effects of preanalytical variables on clinical laboratory
   tests. 3rd ed. Washington DC. , AACC Press,2007

第四章
生化检验标本分析前质量保证

第一节　标本基本类别

临床化学检验标本基本类别主要有以下几类。

一、全血

动脉或静脉抗凝全血主要用于血气分析、糖化血红蛋白（HbA1c）、血红蛋白电泳及某些药物浓度的测定等。

二、血清

血清用于绝大多数临床化学项目的检测。

三、血浆

血浆是抗凝全血除去血细胞的上清部分，除了含有纤维蛋白原外，其余多数化学成分与血清相仿。主要用于临床化学检验中的一些特殊项目，如葡萄糖（Glu）、内分泌激素测定等。

第二节 采样前质量保证

患者的种族、年龄、性别、体型,在采血时的状态、情绪、运动、饮食、用药史、采血时间等,以及采血者是否规范化操作,都会影响检验结果。

一、患者状态

应激反应的生理性变化一般是多种激素综合作用的结果,显著的影响是葡萄糖和皮质醇增多。采血前患者若进行较大强度运动以及剧烈运动,均可导致某些检验指标的变化。剧烈运动消耗肌细胞的产能化合物——三磷酸腺苷(ATP),结果导致细胞膜通透性增加,胞内酶进入血液的量增加,如剧烈运动后血清肌酸激酶(CK)活性增高可达 1 000 U/L,而 CK-MB/CK 总活性比值不变;运动期间存在一定程度的血管内溶血,导致游离血红蛋白增加,属于急性时相反应蛋白的结合珠蛋白与之结合,随后被清除出血循环,故血浆结合珠蛋白的浓度下降;运动时肾上腺素、去甲肾上腺素、胰高血糖素、可的松、促肾上腺皮质激素、生长激素水平增高,胰岛素水平下降,糖异生增加,故血糖增高;另外,运动时出汗使血管内液体向组织间隙转移,血浆容量减少,血清清蛋白(ALB)等大分子物质浓度增高;由于无氧糖酵解,血乳酸增高,尿酸(UA)排泄减少,血 UA 水平增高。为避免运动对临床化学指标的影响,患者在采血前应避免剧烈运动,消除紧张情绪,保持安静的状态。

二、采样时间

对采样时间要求严格的检验项目,应详细告诉患者准确记录时间、何时采取标本等事宜,如 24 h 尿蛋白、电解质测定、糖耐量试验等。正常人有周期性的生理变化,有些临床化学指标存在一定程度波动(表 4 - 1),酸性磷酸酶和铁具有明显的昼间变化,胆固醇(CHOL)在女性月经周期的中间可升高 25%,维生素 D 在日照少的冬季水平较低,相反夏季就升高;妇女妊娠期间会产生大量的生理变化,尤其是有关的激素水平升高显著,会直接影响一些生化指标的改变,如碱性磷酸酶(ALP)、脂质水平和纤维蛋白原的增加,血浆蛋白、尿素(UREA)和肌酐(CREA)等的减少。所以,对某个个体来说,应在不同日期的同一时间采血,以消除日内的变异影响。

在对治疗药物进行血药浓度监测时,在血药浓度达到稳态后采集血样,所测药物浓度为谷浓度;而在血药浓度最高时采血,反映了药物的峰值水平。一般而言,肌内注射、静脉内给药、口服给药分别在给药后 1～2 h,15～30 min、1～5 h 内取血,所测血药浓度可反映该药的峰值浓度。通常来说,药物经口服吸收的情况存在很大的个体差异,所以口服药物一般监测其谷浓度;而对于静脉给予的药物,采血监测其峰值浓度则更有意义。所以对于不同的药物、不同的给药途径,应根据不同的情况确定采血时间,以达到监测谷浓度和峰值浓度的不同目的。

表 4-1　部分检验指标日内变异

检验指标	峰值期	低值期	增加幅度(%)
促肾上腺皮质激素	6:00～10:00	0:00～4:00	150～200
肾上腺皮质激素	5:00～8:00	21:00～3:00	180～200
睾酮	2:00～4:00	20:00～24:00	30～50
促甲状腺激素	20:00～2:00	7:00～13:00	5～15
甲状腺激素	8:00～12:00	23:00～3:00	10～20
催乳素	5:00～7:00	10:00～12:00	80～100
醛固酮	2:00～4:00	12:00～14:00	60～80
血管紧张素	0:00～6:00	10:00～12:00	120～140
肾上腺素	9:00～12:00	2:00～5:00	30～50
去甲肾上腺素	9:00～12:00	2:00～5:00	50～120
铁	14:00～18:00	2:00～4:00	50～70
钾	14:00～16:00	23:00～1:00	5～10

三、环境温度

当采血处的环境温度与外环境相差较大时,患者从室外进入室内后应休息片刻再采血。因为人体在寒冷及酷热时的激素分泌量是不同的,会导致许多血液中化学物质的变化,从而影响检验结果的准确性。

四、药物和饮食

1. **药物**　任何生化检验试验都有其固定的化学反应原理和条件,因药物的参与使反应条件发生变化,直接影响检测结果的准确性。目前已证明有 100 多种药物对多项生化检验结果有影响。如:利胆剂可使血清 CHOL 升高;肝素、甲状腺素可使血清 CHOL 降低;咖啡因可增加儿茶酚胺的分泌,间接地影响葡萄糖的产生、胰岛素水平和葡萄糖耐量;尼古丁也刺激儿茶酚胺、促胃泌素和可的松等激素产生,影响葡萄糖耐量试验、免疫球蛋白和维生素 B_{12} 水平;乙醇对肝脏有间接的影响,乙醇摄入者常伴有谷氨酰基转移酶(GGT)、三酰甘油(TG)和高密度脂蛋白胆固醇(HDL－C)升高;大剂量青霉素可使血清 ALB、肌酐(CREA)、CK、丙氨酸氨基转移酶(ALT)升高,ALB 和胆红素(TBIL)降低;先锋霉素类药物可使血 CREA 比色测定时最大吸收峰由 505 nm 变为 535 nm 而使检验结果偏高;维生素 C 可使天冬氨酸氨基转移酶(AST)的结果偏高,CK、乳酸脱氢酶(LD)结果偏低;止血敏使 TG 结果增高;安乃近使 LD、CREA 结果增高,TG、葡萄糖、CHOL 结果降低;长期口服避孕药的妇女由于肝酶的诱导合成增加,可使 ALT、GGT 及 TG 增高。利用氧化酶催化过氧化氢,以 Tinder 生成反应检测体内多种代谢物质浓度的方法已有多种,如:葡萄糖、CHOL、TG、HDL－C 等,由于维生素 C、维生素 B_6、维生素 E、巯甲丙脯酸、地奥心血康、安乃近、酚酸乙胺、盐酸氯丙嗪、复方丹参、氨茶碱、左旋多巴等一类药有较强的还原性,易与反应中的过氧化氢作用,使这类反应的检测结果偏低。应尽可能在标本采集前 2 d 停服药物,因治疗需要无法停药者,应在检验申请单上注明用药种类和剂量,以备参考。

2. 饮食　也影响很多临床化学的检测指标。饮食后由于食物的某些成分通过小肠被吸收入血,可以引起该成分在血液中的浓度升高,如葡萄糖、TG 等物质。进餐后可直接刺激产生促胃酸激素,使之升高至平时的 2~3 倍,胃酸的产生导致血液 pH 增高和氯离子浓度降低;葡萄糖的吸收可刺激胰岛素的释放,餐后血液中的胰岛素的水平高于空腹的几倍,它极易使钾离子通过细胞膜进入细胞内而引起血清钾浓度下降。一次标准餐后,TG可增加80%;AST增加20%;TBIL、无机磷和葡萄糖增加15%;ALT和钾增加10%;UA、总蛋白(TP)、ALB、UREA、钙、钠和CHOL增加5%左右。其他一些指标的变化在5%以下,因而不具有明显的临床意义。因此,对于接受上述项目检查的个体,应告之其在空腹12~16 h后采血。目前常规的做法是在早晨空腹状态下采血,特殊项目和急诊除外。过长或过短空腹对血葡萄糖、肾功能、肝功能、血脂、UA、ALB以及大多数垂体激素和与之有关的调节激素的结果均会造成影响。血脂测定前3 d最好连续素食,以防假性升高。

五、香烟等刺激物和成瘾性药物

香烟等刺激物和成瘾性药物通过各种复杂机制对人体产生多种影响,使得多项检验指标受到影响(见表4-2)。

表4-2 刺激物和成瘾性药物对检验指标的影响

刺激或成瘾性药物	对检验指标影响
烟草有效成分	增高:碳氧血红蛋白、硫氰酸盐、脂肪酸、肾上腺素、甘油、醛固酮、肾上腺皮质激素
咖啡因	增高:血糖、脂肪酸、血管紧张素、儿茶酚氨
乙醇	增高:乳酸、尿酸、乙酸、醛固酮、肾上腺素、去甲肾上腺素
	降低:血糖、低密度脂蛋白胆固醇
安非他命	增高:游离脂肪酸

刺激或成瘾性药物	对检验指标影响
吗啡	增高:淀粉酶、脂肪酶、ALT、AST、ALP、胆红素、胃泌素 降低:胰岛素、去甲肾上腺素、胰多肽
大麻	增高:钠、钾、氯、尿素、胰岛素 降低:肌酐、血糖、尿酸

六、年龄和性别

人出生后、青春期和老年期等不同的人生阶段,实验室检验的结果是不同的。刚出生几天里血氧增高,刺激红细胞降解,从而造成血液中 TBIL 增高,由于新生儿的肝功能尚未健全,不能将胆红素全部代谢,使得新生儿血液中的胆红素水平较高;ALP 提示骨细胞活性,在旺盛的青春期血中 ALP 会明显增高,18 岁以后逐渐降至正常;血清 CHOL 和低密度脂蛋白胆固醇(LDL-C)含量随年龄增长而增加,如 55 岁个体的检测值可比 15 岁个体增加 1.5 倍。临床化学的不少检测项目结果男女也是有别的,除性别特异的激素外,性别差异还可以表现在多种指标上,因为男性的肌肉组织比例较高,所以其肌肉组织有关的指标都比女性高。由高至低,男性比女性高的常见指标有:TG、TBIL、ALT、肌红蛋白、UA、UREA、氨、AST、酸性磷酸酶、ALP、胆碱酯酶、铁、葡萄糖、LDL-C、ALB、CHOL、TP 等。由高至低,女性比男性高的常见指标有:HDL-C、铜等。

第三节 采样中质量保证

一、患者体位

人体处在不同体位时,血液样本的实验室检测数据有显著的差异。患者采血时的姿势变化可影响到血浆或血清中某些成分的变化,如坐位和立位相比,静脉的渗透压增加,可导致血管内水分子向间质转移,而血管中大分子的物质不能透过血管壁转移到间质中去,导致其在血浆中的含量增高5%～10%。常见的临床化学指标如 TP、ALB、AST、ALT、ALP、LD、CHOL、TG、载脂蛋白 A I、载脂蛋白 B 等大分子物质,在个体坐位时测得值较卧位时明显增高。而小分子物质如糖和电解质由于能在血循环及间质间自由扩散,采血时受检者所采用的姿势对其测得值影响不大。为消除这种生理变化对检测指标的影响,要求患者采血体位应标准化。住院患者采用卧位采血,而门诊患者则采用坐位采血。

二、压脉带

采血时使用压脉带是为了暴露血管,便于采样。但压脉带的使用会改变静脉压力,导致毛细血管内有效滤过压力增加,血内液体及小分子物质向组织间隙转移,血中不能穿过毛细血管壁的大分子物质浓度增高。文献和实验证实使用压脉带 1 min 以内,血样中各检测指标的检测值没有明显改变。

压脉带应用时间过长会导致静脉淤血,使无氧酵解增加,血中乳酸增加,pH下降,钾从细胞内向细胞外转移,导致血浆中钾浓度增高。若患者反复握拳以暴露血管会加重上述效应,因为反复握拳时,前臂肌肉收缩,肌肉细胞的去极化过程中,钾离子从细胞内向细胞外转移,可使血样中血钾增高 $1\sim2\ mmol/L$。实验还表明使用止血带 $1\sim2\ min$,血清 CHOL 可增高 5%;使用 5 min 后,则可使血清 CHOL 增高 $10\%\sim15\%$,使 ALB、血清铁、血清钙、ALP、AST 等增高 $5\%\sim10\%$。为了减少过长时间使用压脉带所带来的分析前误差,应在针头穿刺进入静脉后就解开压脉带,并避免反复握拳,压脉带使用时间不要超过 1 min。

三、溶血

标本溶血可以影响大部分临床化学指标检测的正确性,因为很多物质在血细胞中的含量比血浆中的含量高许多倍,有的甚至几十倍,特别是 LD、CK、ALT 和钾,在标本溶血时这些物质从细胞内逸至细胞外,使检测值明显增高。另外,溶血标本中血红蛋白的颜色也会干扰临床化学的检测系统,使许多指标的检测结果受到影响,如 CHOL、TBIL、CREA、铁、磷、钙、镁和大多数酶等。为了得到可靠正确的检验结果,应使用真空采血管并加强标本运输的管理,尽量避免标本发生溶血。

四、抗凝剂

临床化学检测一般要求用血清标本,不用抗凝管。而血葡萄糖的测定应使用血糖抗凝管,采血样后如血糖不能在 2 h 内测定,标本会因糖酵解的作用使血糖检测结果明显偏低,而血糖抗凝管含有抑制糖酵解作用的成分,可使血糖测定更接近真值。常用的血糖抗凝剂内含有氟化钠,它有抑制糖酵解的作用。用氟化钠抗凝的样品不能用于酶类指标的测定,因为氟化钠也有抑制酶促反应的作用。如血标本必须抗凝时,可用肝素作为抗凝剂,因它对临床化学指标的检测影响最小,若枸橼酸钠抗凝会影响电解质检测结果。所以,在临床化学指标的检测中应合理选用抗凝剂。

五、添加剂污染

选择错误的采血试管是造成标本污染的常见原因,有时会发生将标本从一个试管倒入另一个试管的情况,造成添加剂污染。如来自淡紫色盖试管含有高浓度 EDTA 钾抗凝剂的血液样品,将明显出现血钾升高和血钙、血镁降低,因为血液中的钙和镁离子取代了 EDTA 抗凝剂的钾离子,而被降低的钙和镁离子又是一些酶浓度测定时需要的金属离子,因此会导致 CK、ALP 等降低。

六、标本来源差异

动脉血比静脉血的能量物质(如葡萄糖和氧)浓度高,而代谢物(如乳酸、氨、钾和氢离子)浓度低。多数情况下这些差异很小,但在低灌注状态下则差异明显,如当患者休克时动脉血的葡萄糖水平正常,静脉血葡萄糖较低甚至测不到,而毛细血管血的葡萄糖水平更接近动脉血。

第四节　标本保存和转运

一、标本保存

标本采集完成后应尽快处理、尽快检测,以减少标本采集后的耽搁时间。时间耽搁得越少,检验结果的可靠性就越高。因为标本储存时,血细胞的代谢活动、蒸发作用和升华作用、化学反应、微生物降解、渗透作用、光学作用、气体扩散等,都会直接影响标本的质量和检测的结果。临床化学检验血液标本常用的是血清和血浆。血气分析、血红蛋白电泳及某些药物浓度测定时需要用全血标本,一般临床化学检测都不用全血标本。所以在血液标本采取后应于采血后 2 h 内分离血清或血浆。暂时无法检测的标本应冷藏(2~8℃),标本冷藏可抑制细胞代谢,稳定某些温度依赖性成分。但测定血钾的标本不能冷藏,因为在室温下 Na^+-K^+-三磷酸腺苷酶的活性较低,钾从红细胞中释放入血浆的效应量比较小,而温度低于4℃和高于30℃时,Na^+-K^+-三磷酸腺苷酶的活性增加,钾从红细胞中释放入血浆的效应量随之加大,会引起血钾测定结果的假性增高。应严防标本受直射光照射,如 TBIL、UA 等对紫外光敏感,曝光后含量降低。

二、标本转运

采集后的全血标本应尽快送至实验室,如果运送距离较远,特别是当分析物不稳定时,可分离血清或血浆后再送往实验室。在标本转运时必须符合标本保存的条件,于适当温度(18～25℃)下运送,以确保分析成分的稳定性。在标本管运送过程中要防震、避光、防止交叉污染、防蒸发,因此试管要加盖,保持管口封闭,向上垂直放置,避免标本外溅和受污染;还要避免剧烈振动和摇晃,以免造成红细胞破坏而发生标本溶血。

三、标本接收

要建立标本接收制度和准则,在收取标本时按照制度,认真核对标本的标识(如患者姓名等)、临床医生的检验申请单、标本的类型及容器和抗凝剂是否合适等。应有标本接收登记和记录,如实地记录标本接收时各种信息,如标本溶血、容器破损、患者标识不符、标本变质、用错抗凝剂、标本量不足等。对不符要求的标本,如溶血、血液采集容器不当、采血量不足、转运条件不当、申请和标本标签不一致、标本污染、容器破漏等,应当拒收。在标本采集、转运、接收各环节都要记录时间和操作者的签名登记,以保证标本质量的可溯源性。

标本从患者到实验室,经历采集、转运、接收等众多环节,只有每一环节都规范操作,才能保证高质量的标本、高质量的检验和对检验结果的正确评价。

(朱立红 于嘉屏)

参考文献

1. 丛玉隆,张海鹏,任珍群.血液学检验分析前质量控制的重要因

素——标本的采取及其控制. 中华检验医学杂志,1998,21(1): 52～55

2. 鲍依稀,陈新黔. 由于不规范标本采集出现的异常数据谱. 中国检验医学与临床,2000,1:14～18

3. 张丽霞. 临床脂质检测分析前变异. 2002 年全国血脂分析与临床学术研讨会论文汇编

4. 李素珍. 人体位改变对 32 项生化指标影响的研究. 中华检验医学杂志,2003,26(2):107～109

5. 丛玉隆. 临床实验室分析前质量管理及对策. 中华检验医学杂志,2004,27(8):483～487

6. 王传新,王国礼. 现代检验学技术及质量控制. 济南:山东科学技术出版社,2004.307～357

第五章
免疫学检验标本分析前质量保证

第一节　标本基本类别

一、血清

适用于多数免疫检测项目，如肝炎标志物、肿瘤标志物、自身抗体和特定蛋白的检测等。

二、全血

1. EDTA 抗凝全血　用于糖化血红蛋白、流式细胞术标本检测。

2. 肝素抗凝全血　用于流式细胞术标本检测。

3. 枸橼酸盐抗凝全血　用于流式细胞术血小板分析。

三、血浆

EDTA 或肝素抗凝血浆用于细胞因子的检测。

四、尿液

包括随机尿、晨尿和 24 h 尿（甲苯防腐），用于尿液中蛋白质的检测。

五、脑脊液

用于脑脊液蛋白质测定,如总蛋白、白蛋白和免疫球蛋白(IgG、IgM 和 IgA)的检测。

第二节　分析前质量保证

一、细胞因子测定

在血液凝集和与注射器接触过程中,免疫细胞的激活可以错误地导致细胞因子浓度的增高,所以建议用血浆(肝素、EDTA 抗凝血浆)来检测细胞因子。血液收集后,为了避免人为刺激血细胞而引起细胞因子的合成,应在 2 h 内将血细胞和血浆分离;在此之前标本应冷藏。

二、肝炎标志物测定

ELISA 检测肝炎病毒标志物时,尽量使用血清,如必须使用抗凝血浆,不宜使用低分子肝素抗凝的血浆。最好采用新鲜标本,保证血块收缩完全,离心要彻底,避免红细胞和纤维蛋白对测试产生影响而导致假阳性结果。试剂盒应在有效期内使用,不同批号试剂不能混用;使用前,从冷藏环境中取出试剂盒,置室温平衡 30 min 后方可进行测试,剩余试剂应及时封存于冰箱内保存备用;如标本量少,试剂盒使用周期长,应将酶标抗体分装保存;标本防腐不得添加叠氮钠,否则会影响 ELISA 系统中酶的活性。

三、血浆蛋白测定

1. 免疫球蛋白测定

(1) 标准化问题:临床化学国际联盟(IFCC)血浆蛋白质标准化委员会制备并确证了 15 种血浆蛋白质的参考制品(CRM470＝RPPHS Lot5)。实验室使用的诊断仪器和诊断试剂需按照参考品调整免疫测定用的校准品。

(2) 干扰因素:应用免疫散射比浊法测定时,污染物对光散射法会造成干扰,如小凝块、样品离心不足带来的细胞、来自脑脊液蛋白质的微小颗粒和微生物污染等,因此所有标本在测定前需充分离心。在低温冷藏或高脂样本中,这些问题也应予以注意。免疫球蛋白的透射比浊测定常用临床化学分析仪进行,会受到样本高吸光度的干扰,如高胆红素、溶血或高脂血清的干扰,且抗原过量易被忽视而引起免疫球蛋白的检出结果降低。

2. 尿蛋白测定

根据气候、体力活动的程度、营养状况和液体的摄入,对个体而言,24 h 尿量的变化可达 5～10 倍,而在肾衰竭多尿期更高达 30 倍,因此有必要建立作为所有定量检测方法基础的 24 h 尿量标准。

次日清晨少量尿是相对可靠的 24 h 尿标本,通常是从禁食后次日早晨单次排空尿液中获得的。晨练引起的相对脱水和运动诱发的良性蛋白尿是主要的干扰因素。如果不能获得上述标准化的次日晨尿标本,那么通过将尿蛋白与尿肌酐相比较可以改进少量尿检测方法的标准化。由于尿肌酐在无肾脏疾病和有肾脏疾病的患者中都能保持相对稳定,因此尿肌酐能反映尿浓度并可从数学上纠正利尿剂和抗利尿剂的作用。生理和心理上的应激可造成应激性蛋白尿,如果获得少量尿标本蛋白增高的结果,原则上应让患者休息后采集第2次单次排空尿来证实之。

一些尿蛋白在酸性环境中容易降解,因此最好留取新鲜尿液标本并在 3 h 内检测,例如尿 β_2 微球蛋白。此外,一些尿蛋白含量呈现昼夜节律性,清晨含量最低,白天达到最高值,留取时需考虑时间因素,如尿 IV 型胶原。尿蛋白测定一定要避免反复冻融或长时间的室温保存,否则尿蛋白容易被各种蛋白酶降解,应遵守留取新鲜标本并尽快检测的原则。

3. 补体测定 补体的性质不稳定,易受各种理化因素的影响,温度过高、紫外线照射、机械振荡、酸碱均可破坏补体,故补体活性检测应尽快进行。

四、肿瘤标志物测定

1. 患者准备

(1) 饮食:多数肿瘤标志物的检验不严格要求空腹采血,但严重脂血会造成结果偏差。长期吸烟者体内血管紧张素转化酶(ACE)活力下降,蛋白及某些酶的水平、相关的肿瘤标志物浓度均有改变。例如,癌胚抗原(CEA)是一种酸性糖蛋白,其增高见于中晚期癌症患者,临床主要作为结肠癌的检测指标,正常成人血清中很难检测到,但长期吸烟者的循环血中可以轻度增高。饮酒后的时间及饮酒量的不同,对体内许多检验指标都会造成不同程度的影响。

(2) 医疗活动:在检测前列腺特异性抗原(PSA)时,采取血标本前不能进行直肠检查,因直肠检查可使循环血中的

PSA 值一过性增高,造成假阳性结果。同样,在采集患者的血标本前也不能进行前列腺按摩,否则会导致 PSA 增高。

(3)药物:应用药物对检测结果也有影响。例如,接受生物素治疗的患者,必须在用药后 8 h 后方可做肿瘤相关检验。

2. 标本采集、运送、保存

(1)标本采集:肿瘤标志物检测标本主要包括血液、尿液及其他体液,血液是最常用的标本,大多数的项目采用血清,采血管内不能含有任何抗凝剂,某些特殊项目严格按照方法学要求采集标本。

抽血要避免标本的溶血,当红细胞破坏时,血红蛋白、细胞碎片、蛋白质等被释放出来,从而影响免疫方法的检测,尤其是血红蛋白具有过氧化物酶的活性,可干扰辣根过氧化物酶标记的方法学检测。神经原特异性烯醇化酶(NSE)是神经组织和外周神经分泌组织糖酵解过程中的一种酶,正常时仅存在于神经组织和红细胞中,当发生恶性肿瘤时,血清中的 NSE 浓度水平增高,如发生标本溶血,红细胞和血小板将释放 NSE,造成错误结果。

(2)标本运送:很多人都不重视运送标本这个环节,结果造成检验结果不准确。有些肿瘤标志物对蛋白酶和神经酰酶很敏感,当标本遭遇汗液、唾液、微生物污染时可出现假阳性。因此,检测标本采集后应按规定时间送达实验室,运送时要求采用加盖容器,保证标本不受污染。

(3)标本保存:当标本不能及时送检时,要注意保存。不同项目的保存时间不同,一般要求采用带分离胶的采血管或者样品管。例如,检测 NSE 的标本采集后,血清分离,保存在 2～8℃,24 h 内稳定;在 15～25℃保存时,8 h 内稳定;在

−20℃保存时,3 个月稳定,应避免反复冻融。CA125 的标本分离血清后,保存在 2～8℃,4 周内稳定;在−20℃保存,6 个月内稳定。

（4）标本接收:当标本送达后,必须对标本进行核对,包括申请单信息是否完全、标本容器是否完好、项目与标本容器是否对应、标本的质量是否符合要求等。

五、激素测定

1. 生理性变异

（1）情绪:精神紧张和情绪激动可以影响神经-内分泌系统,可使儿茶酚胺、皮质醇等激素水平增高。

（2）生物周期:由于身体存在多种生物周期,许多激素项目随各周期代谢状态的不同而呈现相应变化,在检测前应注意。①日周期节律:如促肾上腺皮质激素（ACTH）、皮质醇清晨 5～6 时最高,半夜最低。②月周期节律:在月经周期与生殖有关的多种激素将产生不同的变化,醛固酮在排卵期比在卵泡期高 2 倍。③生命周期改变:如绝经期前后性激素水平降低,而促性腺激素水平增高。妊娠时,很多激素也产生相应变化。

（3）年龄、性别:年龄阶段不同,新陈代谢状态不同,激素水平也会不同。性别差异造成特异性的性激素不同。

2. 生活习性

（1）饥饿:长期饥饿时,机体的能量消耗减少,T_3、T_4 将明显减少。

（2）吸烟:过量吸烟可引起血液中肾上腺素、醛固酮、皮质醇增高,而血管紧张素转化酶活性可降低,因而导致相关激素的含量变化。

(3) 饮茶和咖啡：由于茶和咖啡中分别含有茶碱和咖啡因，会使血管紧张素、儿茶酚胺浓度增高。

(4) 药物：有些成瘾性药物可通过各种机制对人体激素的分泌与调节产生影响，例如吗啡可使催乳素、促甲状腺素、胰岛素、去甲肾上腺素、神经紧张素水平降低；而药物中杂质的成分也会影响检测，有些胶囊成分含有四碘荧光素，直接影响[131]I试验结果。某些药物及其代谢产物本身具有荧光，如果使用荧光光度相关分析法可直接干扰测定结果。

六、流式细胞术分析

流式细胞术(FCM)是检测悬浮液中粒子的方法，适用于检测血液、体液和灌洗液中内含的分散细胞以及组织活检中的细胞核、酵母菌和细菌等，其常规分析前变异的重要因素见表5-1。

表5-1　流式细胞术分析前变异因素

状　态	注　意　事　项
患者准备	避免精神和心理紧张
采血样	昼夜节律和饭后影响(早晨空腹采血)
抗凝剂	EDTA(EDTA-K$_2$)血用于免疫表型分析(记数较准确)，肝素血(200 U/ml)适用于功能试验和运送(血小板干扰凝集)
运送时间	EDTA血最多6～8 h，肝素血最多24～36 h
运送温度	须保持室温(20～22℃)，用合适的暖箱

1. **流式细胞免疫表型分析** 用荧光素标记的单克隆抗体作为分子探针,用流式细胞仪检测细胞上的特异性抗原分子,称为流式细胞免疫表型分析。流式细胞免疫表型分析可以简便、快速地分析待测细胞的种类、亚类及其功能等特性,在临床医学与研究中应用最为广泛。作为检验前的质量保证,标本的制备举足轻重。

(1) 血液或骨髓:采集时用 EDTA - K₂ 或 EDTA - K₃ 抗凝,抗凝剂的终浓度为 $1.5\sim2$ mg/ml。标本采集后于室温 $(15\sim25℃)$保存,6 h 内处理。一般分析白细胞时需要用红细胞溶解液去除红细胞,或者用特殊方法分离淋巴细胞或其他白细胞。目前,在临床检查中,一般不主张分离血液或骨髓的单个核细胞,因为此操作过程有可能丢失一些有意义的细胞或细胞亚群。

(2) 体液和各种灌洗液:新鲜采集的标本,$1\,000\sim1\,500$ r/min 离心 5 min,弃去上清,取细胞沉淀,用含 0.1% 牛血清白蛋白的磷酸盐缓冲液洗涤 $1\sim2$ 次,经 38 μm 的尼龙网过滤后悬浮在 $0.5\sim1$ ml 的 PBS 中待用,一般细胞浓度为 $10^5\sim10^7$/ml,最少不得低于 2×10^4/ml 个细胞,当细胞数不足时可增加标本量进行浓缩。

(3) 各种组织细胞:与血液、骨髓或体液细胞不同,各种组织必须首先制备成单细胞悬液后才能标记各种单克隆抗体。由于各种组织的结构和细胞成分不同,进行单细胞悬液制备的方法有一定差异,如果组织细胞比较大,一般采用 165 μm 尼龙网过滤。由于是进行免疫表型分析,应使细胞表面抗原在处理过程中保持其抗原活性,并且不发生丢失。因此,不宜选用甲醛、乙醇等固定组织,不宜用酶、表面活性剂等处理细胞。

2. **流式血小板分析** 流式细胞术分析血小板是临床血小板分析方法学与应用的重大发展,开创了对单个血小板或血小板亚群分析的崭新途径。血液中的血小板体积小,与红细胞、白细胞混悬于血浆中,但血小板又极易受环境因素影响(包括各种刺激剂、受损的血管壁、剪切应力、异物表面等)而发生变形、黏附、聚集、释放和收缩等反应,使血小板分析的难度增大,尤其是对体内循环血小板活化与功能的研究影响较大,因而传统的检测方法很难得到准确的实验结果。由于FCM迅速发展和各种血小板特异性单克隆抗体制备成功并可以直接标记荧光素分子,使得近年来FCM分析血小板逐渐从研究开始过渡到临床应用,但FCM分析血小板对标本的准备要求较为严格。

(1)血液采集:静脉血可用于流式细胞分析血小板,但无论用注射器还是真空采血管采血,都可能存在导致血小板体外活化的潜在人为因素,根据文献报道,通过一些方法可以尽量减少采血过程引起的血小板活化。

1)采血前:应空腹,但可以喝水,以免血管塌陷而导致进针困难。

2)采血:用20 ml塑料注射器抽血,避免血小板接触活化。

3)针头:用较大号的针头,如21号针头,避免抽血时产生较大的切应力而使血小板活化。

4)止血带:应扎得较松或不用止血带,针头进入皮肤后应"一针见血"。

5)抽血:拉动注射器时应用力平稳,抽出的前2 ml血应弃掉,血液应迅速加入抗凝管中,但推出注射器中血液时不要用力过猛,血液与抗凝剂混匀时应轻轻颠转混匀 5 次以上。

6) 真空采血管采血:是否导致血小板活化尚存在争议,但真空抗凝管中较大的负压足以成为导致血小板活化的重要因素。采用注射器采血后加入真空抗凝管时,应先将盖打开,沿试管壁打入血液,待血液至刻度后再加盖颠倒混匀。目前最新的 CTAD 真空采血管(BD 公司)含有枸橼酸盐、茶碱、阿糖腺苷、潘生丁等抗活化物质,具有防止血小板活化的作用。

7) 皮肤采血:一般不适用于流式细胞分析血小板,对于静脉采血较为困难的婴幼儿,主要检查血小板膜糖蛋白有无缺陷时也可用毛细血管采血,但应注意避免过度挤压,以免血小板聚集和血液凝固。

(2) 抗凝剂:可用于 FCM 分析血小板的抗凝剂首选枸橼酸钠(浓度为 106 mmol/L,抗凝时血液与抗凝剂的比例为9:1)。EDTA 类抗凝剂属于较强的 Ca^{2+} 螯合剂,具有更强的抗凝血功能,但一般不用于血小板分析,其原因如下。

1) 可引起血小板膜 GPⅡb/Ⅲa(CD41/CD61)二聚体复合物的分离,使血小板功能受损并减弱与 CD41 或 CD61 的特异性结合。

2) 引起时间依赖性血小板体积增大。

3) 不能用于 Ca^{2+} 依赖的反应,如血小板活化后膜表面暴露的磷酯酰丝氨酸(phosphatidyl serine, PS)和 Annexin V 的结合反应。由于肝素可引起血小板激活,故一般也不用于血小板分析。

(3) 血小板固定:测定血小板活化,无论是体内血小板活化状态,还是体外激活剂活化血小板,通常都需要抑制血小板的进一步活化。当血液离体后,随着时间的延长,血小板可自体活化,也可由于环境因素的影响,如接触异物表面等而发生活化。因此,通过固定剂固定血小板,防止体外血小板的激活,可以更真实地反映体内血小板的活化水平。固定有以下几种方式:①全血＋抗凝剂→免疫标记→固定剂;②全血＋抗凝剂＋固定剂→免疫标记;③全血＋抗凝剂→激活剂→免疫标记→固定剂;④全血＋抗凝剂＋激活剂→固定剂→免疫标记;⑤全血＋抗凝剂＋激活剂＋免疫标记→固定剂。

不同的固定剂和固定方式将显著影响血小板的检测。由于临床上不能立即处理标本,血液标本采集后立即固定有着较多的优越性,可以阻止血小板在体外的进一步活化。固定标本与未固定标本相比较,血小板膜可产生明显的差异,尤其是对于"固定后进行免疫荧光染色"的标本,一些血小板活化依赖的单克隆抗体因与固定血小板结合,常常出现降低。因此,究竟采取何种固定方式,每个实验室应对本室的各种实验条件进行探索,以便能简便、快速、准确地运用 FCM 分析血小板。

七、自身抗体测定

1. 间接免疫荧光法检测自身抗体　标本可采用血清或EDTA、肝素或柠檬酸盐抗凝血浆,2～8℃下可稳定 14 d,稀释后的标本需在一个工作日内检测。试剂盒中生物载片如长期保存可放置于－40℃,一般情况下储存温度与其他试剂的储存温度一样,都为 2～8℃。因生物载片表面产生的冷凝水可破坏基质,因此使用前将载片平衡至室温后方可打开包装袋,打开包装袋后,载片需要在 15 min 内进行温育。溶血、脂血和黄疸血样基本不影响实验。

2. 滴定平板技术检测自身抗体　标本可采用血清或 EDTA、肝素或枸橼酸盐抗凝血浆,2～8℃下可稳定 14 d,稀释后标本需在一个工作日内检测。试剂应于 2～8℃保存,不要冰冻。所有试剂在使用前均应在室温平衡 30 min 左右。为防止生物载片膜条包被有抗原的一面发生冷凝,只有当载片平衡至室温方可打开包装袋。一旦打开包装袋,载片应立即温育。溶血、脂血和黄疸不影响检测结果。

(潘秀军　沈立松　王　蕾)

参考文献

1. 王建中.流式细胞术分析血液淋巴细胞免疫表型方法学研究.中华检验医学杂志,2000,23:203～207

2. Stewart C C, Nicholson JKA. Immunophenotyping: Flow cytometric analysis of platelet and platelet function. New York: Wiley - Liss, Inc. , 2000. 333～360

3. Gachet C, Hanau D, Spehner D, et al. Alpha II beta 3 integrin dissociation induced by EDTA results in morpholological changes of the platelet surface - connected canalicular system with differential location of two separate subunits. J Cell Biol, 1993, 120:1201～1203

4. Schlossman SF, Boumsell L, Gilks W, et al. Leucocyte Typing V: Characterization of Platelet Binding of Blind Panal mAb. Oxford: Oxford University Press, 1994. 1207～1210

5. Hagberg IA, Lyberg T. Blood Platelet activation evaluated by

flow cytometry: optimizes method for clinical studies. Platelets, 2000,11:137~150

6. Hu H, Daleskog M, Li Nailin. Influences of fixative on flow cytometric measurement of platelet P - Selectin expression and fibrinogen binding. Thrombosis Research, 2000,100:161~166

7. 王学晶,伊藤喜久. 尿Ⅳ型胶原测定的方法学评价及分析前因素对于测定的影响. 解放军医学杂志,2006,31(10):1002~1004

8. 齐军. 肿瘤检验分析前质量控制. 中华医学信息导报,2007,22 (11):15

9. 从玉隆. 临床实验室管理. 北京:中国医药科技出版社,2004. 119~123

第六章
临床基因扩增检验标本分析前质量保证

第一节 标本基本要求

基因扩增检验指利用分子生物学技术对被检对象自体或外源性核酸物质（如感染机体的病原体基因）进行检测，分析核酸的结构有无表达及表达水平的变化，从而对疾病作出诊断。临床上，分子生物学检验适用于遗传性疾病、感染性疾病、某些肿瘤等的诊断和辅助诊断以及 HLA 基因分型。常用的检测标本包括外周血、体液、分泌物、脱落细胞和组织等。正确的标本采集和保存是分子生物学检验质量的保证，应当符合医学实验室质量管理的要求和临床基因扩增实验室质量管理的要求。标本采集和保存总的原则可以归纳成以下两点。

（1）保证标本原始性："原始性"指患者标本在采集和前处理过程中未受任何其他核酸污染。标本的污染可能来自于标本采集及前处理所用的试管、棉拭子、移液器吸头、离心管、手套等器具。污染源包括以往的扩增产物、样本核酸和气溶胶等。

（2）避免不合格标本：此处的不合格标本主要指除核酸污染外标本还带有其他影响分子生物学检验的物质或因素，包括标本有潜在抑制剂（肝素）、标本盛器有 RNA 酶（RNase）污染和严重溶血等，以及标本量不足、标本迟送、不适当的标本种类和未按规定采集等其他原因。

第二节　标本基本类别

用于临床诊断的分子生物学技术主要有核酸分子杂交、PCR 及其衍生技术、DNA 序列分析等技术。根据诊断目的和所采用的技术，标本种类主要有以下几种。

一、外周血液标本

遗传性疾病、感染性疾病、肿瘤的分子诊断以及 HLA 分型都可以使用外周血液标本，包括血清、EDTA 或枸橼酸钠抗凝的全血和血浆。

二、痰液、胸腹水、尿液标本

主要用于感染性疾病（如结核菌感染）和某些肿瘤的分子诊断。

三、阴道、尿道、宫颈部位标本

这些部位采集的标本包括分泌物和病变处的脱落细胞，主要用于感染性疾病的分子诊断（如性传播疾病和某些病毒感染等）。

四、组织

包括新鲜组织、保存的石蜡组织等。主要用于基因表达变化分析、被检基因的细胞定位、检测和某些肿瘤的分子诊断。

第三节　采样前质量保证

一、患者准备

标本采集前必须指导患者作必要的准备，这不仅是由于采集对象的生理或病理因素会直接影响标本质量，还由于必须确定最有价值的标本采集时机和最有价值的检测对象。对于分子生物学检验，患者准备的确切含义主要是指临床医生应根据疾病的特点（如遗传性疾病的传递方式、感染性疾病的病程特征等）和分子诊断的技术特点作出初步的诊断和合适的选择（包括家系成员中最具价值的检测对象和最佳标本采集时机等），为检验师提供必要的信息。

二、遗传性疾病分子诊断

此处指对单基因病的产前诊断及遗传筛查和遗传咨询，还包括某些染色体病的辅助诊断。

单基因病是指由单个基因突变所引起的遗传性疾病，在诊断单基因遗传病时，应首先考虑患者有无家族史，为何种遗传模式，从而决定在家系中哪些成员为必须检测的对象并指导其作相应准备，根据系谱分析判断某种疾病的遗传模式，或以先证者为线索追踪家系中各个成员的发病情况。因此,单基因病的分子诊断首先也就是基于系谱分析,一般挑选出需要作分子生物学检验的对象进行检测。

染色体病是指染色体数目和(或)结构异常所引起的遗传性疾病,包括常染色体病和性染色体病。在诊断染色体病时常使用显带染色体技术和荧光原位杂交技术(FISH)等。染色体检查是确诊染色体病的主要技术,但在使用这些特殊的实验室技术之前,运用一般的诊断手段也是必要的,比如病史、症状、体征以及常规的实验室检查结果。这些信息有助于正确选择患者以及正确使用医疗资源,故染色体病的诊断应当基于临床医生充分的临床调查。

三、感染性疾病分子诊断

分子诊断技术与传统的病原微生物诊断技术在方法上的不同,导致了检测意义有所不同。分子诊断不仅可以检测出正在生长的病原体,也能检出潜伏的病原体。同时,对于那些不易体外培养、分离(如产毒性大肠埃希菌、结核杆菌、病毒等)和不能在实验室安全培养(如立克次体)的病原体,更适合采用基因诊断的方法。此外,基因诊断和分析有助于研究病原体的变异趋势和预测暴发流行的风险,这在预防医学中具有重要意义。临床医生应当根据以上技术特点,分析患者可能感染的病原体和病程特征以决定选择分子合适的生物学方法。

四、肿瘤分子诊断

肿瘤的发生是一个多因素、多步骤的过程。遗传物质(如肿瘤相关基因)发生突变虽然是肿瘤发生的原因之一,但是事实上只有 0.1%～10%的患者是由于遗传了亲代突变基因而发生肿瘤,大部分肿瘤的发生是由于体细胞突变而致。与单基因遗传病不同,一些肿瘤相关基因的突变只是增加了个体对肿瘤的易感性而并不一定马上产生肿瘤,因此对于肿瘤的诊断主要依靠患者的病史、临床体征、影像学和病理学检查,而实验室检查还是作为辅助诊断。

运用原位杂交、逆转录 PCR(RT－PCR)等分子生物学方法可以定位检测肿瘤组织(手术标本)中的肿瘤相关基因和定量检测外周血等标本中肿瘤标志物基因的表达,用于肿瘤的辅助诊断、监测肿瘤早期转移和判断预后。临床医生应当根据患者具体情况和技术特点,分析患者可能患有何种肿瘤以决定是否有必要选择分子生物学方法。

五、器官移植组织配型

近年来 HLA 基因分型技术(如 PCR－SSP 等)日趋成熟,相比传统的血清学方法,其分辨率高、特异性强、重复性好、相对简捷快速,而且分型结果更为精确可靠,已逐渐取代血清学方法而常规应用于临床 HLA 分型。由于 HLA 分型技术的特点和不同器官移植供、受体间对 HLA 抗原匹配程度的要求不同,临床医生应根据移植的类型、供体器官的保存时效等为患者作出合适的选择。

第四节　采样中质量保证

根据标本种类的不同及所采用的分子诊断技术的不同,

　　分子生物学检验标本的采集有相应的特点。应特别注意避免靶核酸的降解和防止无关核酸及抑制物的污染,因此标本采集最好使用一次性材料,并防止混入操作者的毛发、表皮细胞和唾液等。如使用玻璃器皿,必须事先经高压灭菌。采集用于抽提 RNA 的标本时,要特别注意采取措施防止外源 RNase 的污染(污染最可能来源于采集者的手,因此操作时必须戴手套,并勤换手套)。若使用普通玻璃器皿,使用前必须于 180℃ 干烤 8 h 或更长时间,或者使用 0.1‰焦碳酸二乙酯(DEPC)溶液浸泡(37℃避光放置 2 h),然后用灭菌水淋洗数次,并于 100℃干烤 15 min。

一、外周血液标本

　　检测血液样本中的病原体 DNA 和 RNA(如乙型肝炎和丙型肝炎病毒核酸)需要及时分离血清或血浆。用于 DNA 测定的血样收集于无菌离心管中,室温 4 h 内分离血清或血浆。用于 RNA 测定的血样收集于灭活 RNase 试管中密封后送检,需尽快(2 h 内)分离血清或血浆,将可能引起的内源性 RNase 释放减至最少。

　　病原体 DNA 和 RNA 的检测可用血清或血浆,遗传病的分子诊断、HLA 基因分型应采用抗凝血,并保证采血量能分离到足够多的有核细胞用于核酸的提取。

　　在采集外周血液标本时还有两点需要注意:第一,严禁使用肝素抗凝剂,因肝素是 Taq DNA 聚合酶的强抑制剂,且不宜在核酸提取过程中去除,所以对于用作分子生物学检验的血液标本应当使用 EDTA 或枸橼酸钠抗凝。第二,无论何项检测,在分离血清和血浆时均要注意切勿吸入红细胞。

二、痰液、胸腹水、尿液标本

痰液是气管、支气管和肺泡所产生的分泌物。采集痰液标本要特别注意留取的质量，一般留取清晨第一口痰为宜。当患者痰液量少或留取方法不正确时，经常会将唾液、鼻涕等误认为痰液，所以标本留取前应先漱口，然后用力咳出气管深处的痰液，吐入清洁干燥的专用痰盒内送检。患者痰少时可以采用加温至45℃左右的10％氯化钠溶液雾化吸入，使痰液容易排出。对严重感染而又无力咳痰或昏迷患者可采用吸痰器吸痰。胸腹水标本按常规无菌抽取，必要时应加抗凝剂。取尿液标本应先消毒尿道口，无菌留取中段尿。

三、阴道、尿道、宫颈部位标本

对于大多数性传播疾病和某些泌尿生殖道感染性疾病，常取阴道、尿道或宫颈部位的分泌物进行检查。此类标本常用棉拭子采集，正确的取样部位和采集到足够的脱落细胞是保证检测质量的关键。

对于生殖器或肛周有疣状物增生的患者，应采集疣体表皮脱落细胞。具体的方法是用生理盐水浸润的棉拭子用力反复擦拭疣状组织表面多次，取得脱落细胞。将取样后的棉拭子放入备有1 ml无菌生理盐水的样本管中，充分漂洗后将棉拭子贴壁挤干丢弃。

在采集女性宫颈口或男性尿道口分泌物前，先用棉拭子擦拭去宫颈口或尿道口过多的分泌物，再用清洁棉拭子在生理盐水中浸润后伸入宫颈口或尿道口2～3 cm处，紧贴黏膜稍用力转动2周，以取得分泌物及脱落细胞。将取样后棉拭子放入备有 1 ml 无菌生理盐水的样本管中充分漂洗,再将棉拭子贴壁挤干丢弃。

四、组织

采样应当在无菌条件下进行,采集后应当立即使之处于冷冻状态(如冰块中)或置于液氮中。用于原位杂交检测的标本亦可立即进行固定处理,比如病理学活检取材多用多聚甲醛固定和石蜡包埋,这种标本对检测 DNA 和 mRNA 虽然有时也可获得杂交信号,但石蜡包埋切片由于与蛋白质交叉连接的增加,影响核酸探针的穿透,因而杂交信号常低于冰冻切片。同时,在包埋的过程中会减低 mRNA 的含量,影响实验结果。因此,RNA 检测分析时应避免用石蜡包埋的组织。

第五节 标本保存、转运和接收

一、检验标本保存

标本的保存和转运涉及不同种类原始标本的保存和 DNA 或 RNA 提取物的保存和转运。保存和转运中同样应特别注意靶核酸的降解和防止无关核酸及抑制物的污染等问题。

临床标本中可能存在使靶核酸降解的核酸酶,所以需要采用适当的形式及采用有效的手段保存标本,防止靶核酸(尤其是 RNA)的降解。

外周血液标本需及时分离出血清、血浆或有核细胞,可置于－20℃短期保存,长期保存应当置于－80℃,冻存的标本要避免反复冻融。

临床体液标本及棉拭子所采集的标本一般经离心后留取沉淀物保存于－20℃,长期保存则应置于－80℃。

组织标本可在取材后直接置入液氮中冷冻保存。用于原位杂交的组织可以切片后将其浸入 4‰多聚甲醛约 10 min,空气干燥后保存在－70℃,一般可保存数月之久而不会影响核酸分子杂交结果。由于组织中 mRNA 降解很快,所以此类标本取材后应尽快予以冷冻或固定。

无论何种标本,应尽快提取 DNA 或 RNA 后保存(用于原位杂交的标本除外),提取后的 DNA 和 RNA 样本均可置于 TE 缓冲液中(10 mmol/L Tris, 1 mmol/L EDTA, pH 7.5~8.0)于－20℃或－80℃长期保存。乙醇中的核酸沉淀物可于－20℃下短期保存。此外,RNA 酶可被 4 mol/L 硫氰酸胍和 β-巯基乙醇等还原剂所灭活,现在常用的商品化 TRIZOL 试剂是一种总 RNA 抽提试剂,含有硫氰酸胍等物质,能迅速破碎细胞并抑制细胞释放出的核酸酶。加入 TRIZOL 后的标本可放入－20℃保存数周。

二、标本转运和接收

采集的标本应当尽可能快地送至检测实验室。异地标本由于转运耗时较长,所以最好分离出所需的血清或血浆后运送。标本转运过程中也要尽可能采取冷藏等保护措施,并在保护措施失效以前送达目的地。标本中如加入了适当的稳定剂(如硫氰酸胍),或采用 ACD 抗凝剂,可以在室温下运送或邮寄。各实验室应当根据待测靶核酸的特性,对各种临床标本的运送条件作出相应的规定，严格执行。

用于分子生物学检测的标本应在基因扩增实验室测定区域外的地方接收，以减少因实验室人员频繁出入标本制备区而造成实验室污染的可能性。标本接收者需戴手套及穿工作服，必须认真核对标本信息，检查标本类型是否与医生申请项目相符、标本是否泄漏或容器是否损坏。对于远途转运的标本，还应检查转运时的保存条件是否符合要求，并记录标本接收时的原始状态信息。对不符合标本采集规定要求的标本，应拒绝接收。

（王枕亚　樊绮诗　沈立松）

参考文献

1. 夏家辉，刘培德. 医学遗传学. 北京：人民卫生出版社，2004

2. 樊绮诗，吕建新. 分子生物学检验技术. 第 2 版. 北京：人民卫生出版社，2007

3. Kaplan J-C, Delpech M. Biologie Moléculaire et Médecine. Paris：Flammarion Médecine-Sciences，2007

4. 丁国华，冯彬，高宏. 基因诊断在临床药学中的应用. 中国医药学杂志，2003，23(3)：166～167

5. Keith R. Jerome, Meei-Li Huang, Anna Wald, et al. Quantitative stability of DNA after extended storage of clinical specimens as determined by real-time PCR. J Clin Microbiology, 2002,40 (7)：2609～2611

第七章
微生物学检验标本分析前质量保证

第一节 标本基本要求和基本类别

一、标本基本要求

1. 保持标本完整性 采取真正病灶处的标本,避免受邻近区域的污染。病灶如有一定深度,要尽量采取深部的标本。标本必须新鲜,采集后尽快送检。尽可能注意不同种类标本的性质和特点,保持采集时的标本状态,保证标本的质和量均无变化,也没有外源污染,确保微生物的检出率。

2. 避免不合格标本 不合格标本包括:采集或留取方法不当的标本、放置过久的标本、被外环境污染的标本、未放置无菌容器的标本、需厌氧菌培养而未置于厌氧容器内的标本等。

3. 无菌操作 除粪便、痰液、咽拭子等标本外,其他标本的采集均应在无菌条件下操作,避免杂菌污染。

4. 采集时间 根据致病菌在患者不同病期的体内分布

和排出部位,采取不同标本。例如流行性脑膜炎患者取脑脊液、血液或出血瘀斑;伤寒患者在病程 1～2 周内取血液,2～3周时取粪便。

一般标本采集的时间应于病程的急性期、早期、典型症状出现之前或使用抗生素之前。

5. 采集量　　收集足量的标本,以拭子采集标本时,应将拭子装入无菌试管内或装于专门的运送培养基内。

6. 采集方法　　尽可能采集病变明显部位的材料。例如菌痢患者取其沾有脓血或黏液的粪便,肺结核患者取其干酪样痰液等。

7. 床边接种　　为防止因某些细菌的自溶和死亡而导致细菌检出率下降,有些标本最好能作床边接种,必要时应根据标本情况和培养目的作保温、冷藏、厌氧运送或将标本置于运送培养基内送检。

8. 患者信息　　临床上医生或护士在微生物标本送检单上除了填写患者的一般资料外,还应详细注明标本的种类、是否使用过抗生素、临床诊断以及采集标本的时间等,以便检验人员分析时作参考。

二、标本基本类别

微生物检验标本基本类别有:血液标本、脑脊液标本、尿液标本、粪便标本(包括肛拭标本)、痰液标本(包括吸引痰、引流痰标本)、咽拭子和鼻拭子标本、胆汁标本、穿刺液标本、脓液及创伤感染分泌物标本、泌尿生殖道标本。

第二节 标本采集特点

一、患者准备

1. 患者状态　应告知患者正确采集和留取微生物检验标本的重要性,让其配合医生和护士操作。女性患者采样前应先清洗外阴,再收集中段尿标本 5～10 ml 于无菌容器内;男性患者在清洗龟头后留取中段尿。痰液标本留取时应嘱咐患者于采集标本前先用清水反复漱口以减少口腔正常菌群污染。

2. 留取标本时间　应根据不同的微生物检验标本种类,清楚而详细地告知患者在何时留取标本,确保标本留取的质量。

3. 药物和食物　抗生素使用与否对微生物学检验结果影响较大,标本应尽可能在使用抗生素之前采取。

二、标本采集

1. 血液

(1) 采集时间:出现临床症状后应尽快采集血标本,最好在发热初期或发热高峰(与寒战有关的发热)时采集。如怀疑伤寒病时,应采用骨髓培养来代替血培养,这是因为骨髓内含有大量的吞噬有细菌的单核巨噬细胞,可提高检出率。

应于抗生素治疗前或在下一次抗生素治疗前采集标本(血药浓度最低时)。

（2）血培养瓶：选用一套血培养瓶（需氧瓶和厌氧瓶）或含有中和抗生素成分的一套血培养瓶。

（3）无菌采集：血液采集和接种，必须在严密防止污染的条件下，以无菌操作从患者静脉采血，采集的标本立即注入适当液体增菌培养基内，并迅速轻摇，充分混匀，防止凝固。对成人必须同时在不同部位采血作两套血培养，以排除污染，以便及时正确地判断结果。

（4）采集量：血培养的采血量一般以培养基的 1/10 为宜，采集足够的血量可检出血液中为数很少的细菌，尤其是当怀疑为败血症时甚为重要。成人绝大多数为由菌血症引起的败血症病例，其感染量常小于 1CFU/ml 血液，一般推荐采集 10 ml 血液（若同时做需氧和厌氧菌培养则需 20 ml）。统计资料表明：每增加 1 ml 血液可使血培养的敏感度提高 3%。新生儿和婴儿血中循环的微生物数量明显高于成人。这也意味着新生儿和婴儿的血培养可适量减少采血量，一般为 0.5～5 ml。亚急性细菌性心内膜炎及布鲁菌病的患者，除在发热期采血外，要多次采血（24 h 3～4 次）和增加采血量（可增至 10 ml）。

（5）敏感性：在多数情况下，菌血症和真菌血症均为一过性。因此一份血培养的敏感性是有限的，一般为 80%～90%，如连续送检 3 份血培养，则敏感性可提高到 99%。

（6）如果采过样的血培养瓶不能及时放进血培养仪，应置于室温，不可置冰箱或孵育箱。

2. 脑脊液　以无菌操作进行腰椎穿刺，取脑脊液两份，每份 3 ml，一份置于无菌容器内作微生物检验，另一份作细胞计数及化学分析。

(1) 接种方式：立即送检或床边接种。

(2) 保温：冬天应于35℃条件下保温送检，不可置冰箱或低温保存。

3. 尿液 正常人尿道周围除有正常菌群外，还常有大肠埃希菌、葡萄球菌等尿道感染病原菌存在，因而尿液标本极易被污染，采集尿样时更应注意无菌操作。

(1) 女性患者：采样前应先用肥皂水或碘伏清洗外阴，再收集中段尿标本5～10 ml于有盖的灭菌容器内。

(2) 男性患者：在清洗龟头后留取中段尿。

(3) 其他：必要时可用膀胱穿刺法和肾盂尿采集法。

尿采集后，必须立即送检。在采集尿液标本后，一般不超过1 h，否则不应作为尿细菌培养标本。凡不能立即送检者，必须保存于4℃冰箱，但时间不得超过2 h。

4. 粪便

(1) 采集部位：粪便多采集自然排出之粪便，亦可用直肠拭子法采集。患者应于急性腹泻时或用药前采集，取脓、血或黏液部分的粪便，液体粪便取絮状物，置于清洁容器内送检。

(2) 培养基：对排便困难的患者及婴幼儿可用直肠拭子采样，标本拭子若不能及时送检，应置于含有卡里-布来尔(Cary-Blary)运送培养基或pH 7.0的磷酸盐甘油中保存。

5. 痰液

(1) 避免污染：采集痰液标本时应尽量避免口腔和舌黏膜的污染。应嘱咐患者于采集标本前先用清水反复漱口，以清晨从肺部深处咳出的痰液为宜，将其置于有盖的无菌容器内送检。

(2) 采集方法：痰液的采集方法有自然咳痰法、气管镜下采集法、胃内采痰法和气管穿刺法。

6. 咽/鼻拭子

（1）采集标本应于抗菌药物治疗之前：患者于采集标本前先用清水漱口，再由检查者将其舌向外拉，使悬雍垂尽可能向外牵引，将咽拭子越过舌根到咽后壁或悬雍垂的后侧，反复涂抹数次，尽量避免口腔和舌黏膜的污染。

（2）及时送检：标本采集后应尽快送检，避免水分的蒸发而影响检出率。

7. 胆汁标本采集

（1）采集方法：有十二指肠引流法、胆囊穿刺法和手术采取法等。

（2）标本送检：采集标本应立即送检，否则应保存于 4℃ 冰箱中。

8. 穿刺液

（1）避免药物干扰：穿刺液包括胸水、腹水、心包液、关节液及鞘膜液。一般由临床医师行穿刺术抽取。标本的采集应在患者用药之前，或停止用药 1～2 d 后进行。

（2）采集方法：胸水及腹水可抽取 5～10 ml，心包液、关节液等抽取 2～5 ml，将所得穿刺液置于有盖的无菌试管内尽快送检或置于 4℃ 冰箱中保存。对疑有淋病性关节炎患者之关节炎，采集后应即刻送检或床边接种。

9. 脓液及创伤感染分泌物

（1）消毒：对采集标本的部位，应先用无菌生理盐水洗净病灶表面的污染菌。对皮肤、黏膜应充分消毒，对所使用的器械、盛取标本的小瓶或试管均应灭菌。

（2）封闭性脓肿：以无菌干燥注射器穿刺抽取。

（3）开放性脓肿和脓性分泌物：在患处（皮肤或黏膜）用灭菌纱布或棉球擦拭后采样，使培养用的标本尽可能从深部流出，如为瘘管亦可在无菌操作下取组织碎片。

（4）大面积烧伤创面分泌物：由于创面的部位不同，细菌种类也不同，故应用棉拭子采取多部位创面的脓汁或分泌物置于无菌试管中送检。

10．泌尿生殖道标本

（1）一般细菌培养：用灭菌纱布消毒后留取脓性分泌物即可。

（2）淋病奈瑟菌、沙眼衣原体和支原体检测：男性患者采样时应先擦净尿道口，再用纤维拭子采取脓性分泌物；或将纤维拭子伸入其尿道口内 2～4 cm 处，捻转拭子以获得上皮细胞（尤其需作衣原体检测时）。女性患者要借助扩阴器采样，先将其宫颈口擦净，再用另一纤维拭子插入宫颈内 1～2 cm 处，转动并停留 10～30 s 后采取分泌物。

三、采样前特别要求

微生物检验标本采集前特别要求见表 7-1。

表 7-1　微生物检验标本采集前特别要求

标　本	注　意　事　项
血液	出现临床症状后应尽快采集血标本，最好在发热初期或发热高峰（与寒战有关的发热）时采集。应于抗生素治疗前或在下一次抗生素治疗前采集标本，或者选用含有中和抗生素的血培养瓶

标　本	注　意　事　项
脑脊液	立即送检或床边接种。冬天应于 35℃ 条件下保温送检,不可置冰箱或低温保存
尿液	女性患者采样前应先用肥皂水或碘伏清洗外阴,再收集中段尿标本 10～20 ml 于灭菌容器内。男性患者在清洗龟头后留取中段尿
粪便	患者应于急性腹泻时或用药前采集,取脓、血或黏液部分的粪便,液体粪便取絮状物,置于清洁容器内送检。对排便困难的患者及婴幼儿可用直肠拭子采样
痰液	采集痰液标本时应尽量避免口腔和舌黏膜的污染。嘱咐患者于采集标本前先用清水反复漱口,以清晨从肺部深处咳出的痰液为宜
咽/鼻拭子	尽量避免口腔和舌黏膜的污染。标本采集后应尽快送检,避免水的蒸发而影响检出率
胆汁	采集法有十二指肠引流法、胆囊穿刺法和手术采取法等。采集标本应立即送检
穿刺液	一般由临床医师行穿刺术抽取。标本采集应在患者用药之前或停止用药 1～2 日后进行
脓液、分泌物	(1) 对采集标本的部位消毒后采集 (2) 封闭性脓肿:以无菌干燥注射器穿刺抽取 (3) 开放性脓肿和脓性分泌物:在患处(皮肤或黏膜)用灭菌纱布或棉球擦拭后采样,使培养用的标本尽可能从深部流出 (4) 大面积烧伤的创面分泌物,应用棉拭子采取多部位采集
泌尿生殖道分泌物	(1) 若作一般细菌培养,用灭菌纱布消毒后留取脓性分泌物即可 (2) 若作淋病奈瑟菌、沙眼衣原体和支原体的检测,男性患者采样时,应先洗净其尿道口,再用纤维拭子采取脓性分泌物;或将棉拭子伸入其尿道口内 2～4 cm 处,捻转拭子以获得上皮细胞(尤其需作衣原体培养时);女性患者借助扩阴器,用一纤维拭子进入宫颈内 1～2 cm,转动并停留 10～30 s 后采取分泌物

第三节　标本保存和转运

一、标本保存

一般情况下,微生物标本采集后应立即送检和处理,否则应妥善保存。根据标本的类型和微生物的稳定性,将微生物分为脆弱的(对环境温度和 pH 的改变敏感)和强壮的(不容易受这些因素的影响而改变)(表7-2)。

表7-2　微生物稳定性

脆弱微生物	强壮微生物
肺炎链球菌	肠道细菌
淋病奈瑟菌	假单胞菌属
脑膜炎奈瑟菌	肠球菌
沙门菌属	其他链球菌
志贺菌属	葡萄球菌
流感嗜血杆菌	酵母
厌氧菌	真菌
支原体	分枝杆菌
病毒	军团菌
衣原体	艰难梭菌
无保护寄生虫	

例如:血培养瓶应尽快放入自动血培养仪,如不能进行上述操作,应置室温保存;中段尿培养如不能及时接种平板,应

放置于 4℃冰箱,但不能超过 2 h,否则会影响细菌菌落计数和检出率。

二、标本转运

标本转运必须认真,争取尽快送达实验室。临床微生物实验室应记录收到标本的时间。对不符合要求或超过时间的标本可拒绝接收。转运时应注意不同种类标本的性质和特点,保持采集时的标本状态,保证标本的质和量均无变化,也没有外源污染。

经验证明,凡不按规定采样,转运时不针对可能病原体特点对标本进行冷藏、保温或保持厌氧状态,或不加运输培养基以及使标本拭子自然干燥等,其检验结果多为阴性。因此,微生物检验分析前的标本采集和送检是否符合要求,直接影响到细菌学的检验质量。因为不合格的标本采集和送检会导致细菌检出率的下降;杂菌的污染会影响检验结果的准确性,最终影响临床医生对疾病的诊断和治疗。

患者标本具有使别人感染的危险性。在采集和转运时均应切实做好防护措施。对于烈性传染病材料的运送更要特别严格,应按规定包装及冷藏,附有详细的采集和送检记录,由专人护送。

三、标本接收

必须认真核对标本的姓名、临床医生申请项目及细节,核对标本类型和使用的容器是否合适、标本是否泄漏或容器损坏、标本量是否适当足够等。应实事求是地记录标本接收时的重要信息,如标本变质、错号、漏却、遗失等。对采集或留取方法不当的标本、放置过久的标本、被外环境污染的标本、未放置无菌容器的标本、需厌氧菌培养而未置于厌氧容器内的标本应拒收。

在标本采集、转运和接收这三个环节中,采血者、运输者和接收者均必须记录操作时间和签名,以保证标本质量的可溯源性。

(孙康德 蒋燕群)

参考文献

1. 俞树荣.微生物学和微生物学检验.第 2 版.北京:人民卫生出版社,1997

2. 蔡文城.实用临床微生物诊断学.南京:东南大学出版社,1998

3. 刘锡光.现代诊断微生物学.北京:人民卫生出版社,2002

4. 李仲兴,郑家齐,李家宏.诊断细菌学.香港:黄河文化出版社,1992

5. Lansing M. Prescott. et al. Microbiology. 4th ed. Singapore:McGraw-Hill Co. ,1999

附录 临床常用检验项目标本采集、保存、拒收一般要求

一、临床血液检验项目

检测项目	标本采集要求				保存温度	保存时间	拒收标准	备注
	类型	容器	量	注意事项				
全血细胞检测								
全血细胞分析 (complete blood count, CBC)	静脉血	紫盖；EDTA-2K抗凝管	2 ml	避免剧烈振荡破坏细胞；采血后立即颠倒混匀	18~25℃ 冷藏	6~8 h 8~10 h	标本凝固、溶血、脂血	避免血小板激活、破坏、污染。温度>30℃或<15℃影响检测结果。采血后及时送检
淋巴细胞亚群分析 (lymphocyte subclassification)	静脉血	紫盖；EDTA-2K抗凝管；黄色；ACD抗凝管/绿色；肝素抗凝管	3 ml	颠倒混匀	室温	48 h	有凝块	
网织红细胞 (reticulocyte, RET)	静脉血	紫盖；EDTA-2K抗凝管	2 ml	同上	18~25℃	1 d	标本凝固、采血时间过长	顺利采血，室温保存，采血后及时送检
嗜酸性粒细胞计数 (eosinophil, EOS)	静脉血	紫盖；EDTA-2K抗凝管	2 ml	同上	18~25℃	1 d	标本凝固、采血时间过长	顺利采血，室温保存，标本采血后及时送检。连续监测时需在相同时间采血

续表

检测项目	标本采集要求				保存温度	保存时间	拒收标准	备注
	类型	容器	量	注意事项				
红细胞沉降率 (erythrocyte sedimentation rate, ESR)	静脉血	黑盖;枸橼酸钠抗凝管	1.6 ml	采血后立即颠倒混匀	18~25℃,测定期内室温度稳定在±1℃之内	3 h	标本凝固,溶血	抗凝剂:血=1:4;标本不宜存放于0℃
血流变学检查 (blood rheology tests)	静脉血	绿盖;肝素抗凝管	5 ml	采血后颠倒混匀并尽快分离血浆,清晨空腹血为宜	18~25℃ / 4℃	4 h / 12 h	标本已凝集,脂血	标本采血后及时送检
凝血功能检测								
D-二聚体检测 (D-dimer, DD)	静脉血	蓝盖;枸橼酸钠抗凝管	1.8 ml / 2.7 ml	采血后颠倒混匀8次,并尽快分离血浆	18~25℃ / 4℃ / -20℃以下	8 h / 4 d / 1个月	标本凝固,溶血;抗凝剂比例不当;采血时间过长	枸橼酸钠抗凝剂浓度109 mmol/L,抗凝剂:血=1:9
凝血酶时间 (thrombin time, TT)	静脉血	蓝盖;枸橼酸钠抗凝管	1.8 ml / 2.7 ml	采血后颠倒混匀8次,并尽快分离血浆	18~25℃ / 4℃	1 h / <4 h	标本凝固,溶血;抗凝剂比例不当;采血时间过长	同上。不能用肝素和EDTA-2Na作抗凝剂
凝血酶原时间 (prothrombin time, PT)	静脉血	蓝盖;枸橼酸钠抗凝管	1.8 ml / 2.7 ml	采血后颠倒混匀8次,并尽快分离血浆	4℃ / -20℃ / -70℃	<4 h / 2周 / 6个月	标本凝固,溶血;抗凝剂比例不当;采血时间过长	枸橼酸钠抗凝剂浓度109 mmol/L,抗凝剂:血=1:9

续表

检测项目	标本采集要求				保存温度	保存时间	拒收标准	备注
	类型	容器	量	注意事项				
活化部分凝血活酶时间 (activated partial thrombop-lastin time, APTT)	静脉血	蓝盖;枸橼酸钠抗凝管	1.8 ml 2.7 ml	采血后颠倒混匀8次,并尽快分离血浆	18~25℃ 2~8℃	2 h 48 h	标本凝固,溶血;抗凝剂比例不当;采血时间过长	同上
抗凝血酶活性 (anti thrombin, AT)	静脉血	蓝盖;枸橼酸钠抗凝管	1.8 ml 2.7 ml	采血后颠倒混匀8次,并尽快分离血浆	2~8℃	48 h	标本凝固,溶血;抗凝剂比例不当;采血时间过长	同上
纤维蛋白原 (fibrinogen, FIB)	静脉血	蓝盖;枸橼酸钠抗凝管	1.8 ml 2.7 ml	采血后颠倒混匀8次,并尽快分离血浆	2~8℃	48 h	标本已凝固	抗凝剂:血=1:9;标本采血后及时送检
纤维蛋白质降解产物 (fibrinogen degradation products, FDP)	静脉血	蓝盖;枸橼酸钠抗凝管 绿盖;肝素抗凝管	1.8 ml 2.7 ml 2~3 ml	采血后颠倒混匀8次,并尽快分离血浆	2~8℃	48 h	标本已凝固	不能用草酸盐、肝素,EDTA盐作抗凝剂。抽血不顺,抗凝不完全,标本存于冰箱等会导致假阳性
血型鉴定								
Rh 血型鉴定 (Rh typing)	静脉血	紫盖;EDTA-2K抗凝	2 ml	采血后颠倒混匀	2~8℃	7 d	标本严重溶血,脂血	标本采血后及时送检
ABO 血型鉴定 (ABO blood typing)	静脉血	紫盖;EDTA-2K抗凝	2 ml	采血后颠倒混匀	2~8℃	7 d	标本严重溶血,脂血	标本采血后及时送检

续 表

检测项目	标本采集要求				保存温度	保存时间	拒收标准	备注
	类型	容器	量	注意事项				
免疫性抗体筛查 (immunity antibody, IAB)	静脉血	紫盖;EDTA-2K抗凝管	2 ml	采血后颠倒混匀	2~8℃	48 h	标本严重溶血、脂血	48 h 内采血检测
特殊血型抗原鉴定 (special blood type antigen, SBTA)	静脉血	紫盖;EDTA-2K抗凝管	2 ml	采血后颠倒混匀	2~8℃	7 d	标本严重溶血、脂血	标本采血后及时送检
寄生虫检查								
血吸虫环卵试验 (circumoval precipitin test, COPT)	静脉血	红盖;普管	2~3 ml	空腹采血	18~25℃	1 h 内检测	未按要求采血	标本采血后制成玻片;标本采血后及时送检
疟原虫检查 (examination of plasmodium)	静脉血/末梢血	洁净玻片	制成血片	发热期采血	18~25℃	永久保存	未按要求采血	同日疟及三日疟在发作后数小时至10 h采血,恶性疟在发作后20 h左右采血
微丝蚴检查 (examination of microfilaria)	静脉血/末梢血	洁净玻片	制成血片	晚10时至次日晨2时采血	18~25℃	永久保存	未按要求采血	采血前患者躺卧片刻为宜。标本采血后及时送检

(许 雯 李 莉)

二、临床体液检验项目

检测项目	标本采集要求				保存温度	保存时间	拒收标准	备注
	类型	容器	量	注意事项				
尿液检测								
尿常规 (routine urinalysis, RU)	清晨第1次尿或随机尿	洁净有盖容器	5 ml	新鲜尿液（尿量特别少时需注明）	18~25℃	2 h内为宜	尿液变质、浑浊；留取时间过长	保证尿液新鲜，不被污染、避光保存，时间延长时，形态学检查加甲醛、化学检查加甲苯。不同药物可造成检测结果假阳性或假阴性
尿乳糜试验 (urine chyle test, U-CHY)	尿液	洁净有盖容器	3~5 ml	新鲜尿液	18~25℃	1 h内为宜	尿液变质，留取时间过长	标本采集后及时送检，避免标本油脂污染
尿妊娠试验 (urine pregnant test)	尿液	洁净有盖容器	2 ml	新鲜尿液	18~25℃	1 h内为宜	尿液变质、留取时间过长	标本采集后及时送检
尿本周蛋白 (Bence-Jones protein, BJP)	尿液	洁净有盖容器	>20 ml	新鲜尿液	18~25℃ 4℃	7 d 2周	尿液变质	标本采集后及时送检
粪便检测								
粪便常规 (routine fecal examination)	粪便	洁净有盖容器	5 g	新鲜粪便	18~25℃	1 h内为宜	粪便变质，留取时间过长	避免混入尿液和其他外来物质，尽量选取有脓血黏液等病理成分的粪便，送

续 表

检测项目	标本采集要求				保存温度	保存时间	拒收标准	备注
	类型	容器	量	注意事项				
粪便隐血检查 (fecal occult blood test, FOBT)	粪便	洁净有盖容器	5 g	新鲜粪便	18~25℃	1 h内为宜	粪便变质,留取时间过长	检稀水便或脓血便时便量不少于2~3 ml 化学法检查前3 d内禁食动物血、肉、肝脏,富含叶绿素食物、铁剂、中药,避免假阳性;齿龈出血、鼻衄、月经血可致阳性
粪便寄生虫检查 (examination of parasites in feces)	粪便	洁净有盖容器	5 g	新鲜粪便	18~25℃	1 h内为宜	粪便变质,留取时间过长	标本采集后应及时送检,天气寒冷时注意保暖,查肠内原虫滋养体需保存于35~37℃

特殊标本检测

检测项目	标本采集要求				保存温度	保存时间	拒收标准	备注
浆膜腔积液常规检查 (routine examination of serous effusion)	胸、腹水、关节液	洁净试管;EDTA钠盐或钾盐100 g/L,每0.1 ml抗凝6 ml积液	3~6 ml	新鲜标本	18~25℃	1 h内检测	标本变质,留取时间过长	测定pH的标本必须肝素抗凝。送检及检查必须及时,久置可致细胞或病菌破坏或溶解,或出现凝块

续表

检测项目	标本采集要求				保存温度	保存时间	拒收标准	备注
	类型	容器	量	注意事项				
脑脊液常规检查 (routine examination of cerebrospinal fluid, CSF)	脑脊液	高蛋白标本EDTA盐抗凝	3 ml	新鲜标本	18~25℃	1 h内检测	标本变质,留取时间过长	标本采集后立刻送检,久置可致细胞溶解或致病菌破坏或溶解。葡萄糖含量降低
透析液常规检查 (routine examination of dialysate)	透析液	洁净试管	5 ml	新鲜标本	18~25℃	1 h内检测	计数细胞用标本凝固,标本变质,留取时间过长	标本采集后及时送检
呕吐物隐血检查 (vomit occult blood test)	呕吐物	标本专用盒	1 ml	新鲜标本	18~25℃	1 h内检测	标本变质,留取时间过长	标本采集后及时送检
阴道分泌物常规检查 (routine examination of vaginal discharge)	白带	无菌棉签 无菌生理盐水	1 ml	新鲜标本	18~25℃	1 h内检测	标本变质,留取时间过长	寒冷天数标本需保温,避免标本被污染
精液常规检查 (routine examination of semen)	精液	广口玻璃瓶,经确认可用塑料容器	一次全部量	避免性生活 >3 d, <7 d	20~40℃	1 h内检测	标本变质,留取时间过长	避免采用避孕套内的精液。在3个月内连续检测2至数次,两次间隔>7 d, <3周
前列腺液常规检查	前列腺液	洁净载玻片	1 ml	新鲜标本	18~25℃	1 h内检测	标本变质或液化	标本采集后及时送检

(许 雯 李 莉)

三、临床生化检验项目

检测项目	标本采集要求				保存温度	保存时间	拒收标准	备注
	类型	容器	量	注意事项				
心血管疾病检测								
总胆固醇 (total cholesterol, TC)	静脉血	红盖;普管	3 ml	非高蛋白饮食 3 d;空腹	2~8℃ -20℃	7 d 6个月	溶血	注明血清性状, 避免反复冻融
甘油三酯 (triglyceride, TG)	静脉血	红盖;普管	3 ml	非高蛋白饮食 3 d;空腹	2~8℃ -20℃	7 d 6个月	溶血	注明血清性状, 避免反复冻融
脂蛋白 a [lipoprotein(a), LP(a)]	静脉血	红盖;普管	3 ml	空腹采血	2~8℃	7 d	溶血,脂血	标本不可冻存
载脂蛋白 A I (apolipoprotein A I, Apo A I)	静脉血	红盖;普管	3 ml	空腹采血	20~25℃ 2~8℃ -20℃	1 d 3 d 2个月	溶血,脂血	标本只能冻融 一次
载脂蛋白 B (apolipoprotein B, ApoB)	静脉血	红盖;普管	3 ml	空腹采血	20~25℃ 2~8℃ -20℃	1 d 3 d 2个月	溶血,脂血	标本只能冻融 一次
载脂蛋白 E (apolipoprotein E, ApoE)	静脉血	红盖;普管	3 ml	空腹采血	20~25℃ 2~8℃ -20℃	1 d 3 d 2个月	溶血,脂血	标本只能冻融 一次
高密度脂蛋白胆固醇 (high density lipo- protein cholesterol, HDL－C)	静脉血	红盖;普管	3 ml	非高蛋白饮食 3 d;空腹	2~8℃ -20℃	7 d 30 d	溶血	EDTA抗凝剂可 能会使结果 降低
低密度脂蛋白胆固醇 (low density lipo- protein cholesterol, LDL－C)	静脉血	红盖;普管	3 ml	非高蛋白饮食 3 d;空腹	2~8℃ -20℃	7 d 30 d	溶血,脂血	EDTA抗凝剂可 能会使结果 降低

续表

检测项目	标本采集要求				保存温度	保存时间	拒收标准	备注
	类型	容器	量	注意事项				
醛固酮 (aldosterone, ALD)	静脉血	红盖；普管	3 ml	清晨采血	4~8℃ -20℃	48 h 3个月	严重脂血	标本采集后及时送检
血浆肾素活性 (renin)	静脉血	紫盖；EDTA抗凝管	2 ml	清晨采血	2~8℃ -20℃	7 d 2周	严重脂血	迅速将血注入预冷的含20 μl EDTA试管中，摇匀，冰浴冷却后分离血浆
血管紧张素Ⅱ (angiotensin Ⅱ, AT-Ⅱ)	静脉血	紫盖；EDTA抗凝管	2 ml	清晨采血	2~8℃ -20℃	7 d 2周	严重脂血	迅速将血注入预冷的含20 μl EDTA的试管中，摇匀，冰浴冷却后分离血浆
肌酸激酶 (creatine kinase, CK)	静脉血	红盖；普管	3 ml	空腹为宜	室温 2~8℃ -20℃	4 h 12 h 2~3 d	严重溶血	EDTA、草酸钾可抑制CK
肌红蛋白 (myoglobin, Myo)	静脉血	红盖；普管	3 ml	空腹为宜	2~8℃ -20℃	3 d 1个月	溶血	标本只可冻融一次，避免沉淀形成
肌钙蛋白 (troponin Ⅰ, cTnⅠ)	静脉血	红盖；普管	3 ml	空腹为宜	室温 2~8℃ -20℃	12 h 3 d 1个月	溶血	标本只可冻融一次，避免沉淀形成
乳酸脱氢酶 (lactate dehydrogenase, LD)	静脉血	红盖；普管	3 ml	空腹为宜	20~25℃ 2~8℃ -20℃	24 h 7 d 1个月	溶血、严重脂血	对冷敏感，尽量室温保存

附录 临床常用检验项目标本采集、保存、拒收一般要求

续表

检测项目	标本采集要求				保存温度	保存时间	拒收标准	备注
	类型	容器	量	注意事项				
肌酸激酶同工酶 (creatine kinase isoenzymes)	静脉血	红盖;普管	3 ml	空腹为宜	室温 2~8℃ −20℃	12 h 3 d 1个月	溶血	标本只可复融一次，避免沉淀形成
肌酸激酶亚型 (creatine kinase isoforms, CK-MM)	静脉血	红盖;普管	3 ml	空腹为宜	室温 2~8℃ −20℃	12 h 3 d 1个月	溶血	标本只可复融一次，避免沉淀形成
天冬氨酸氨基转移酶 (aspartate aminotransferase, AST)	静脉血	红盖;普管	3 ml	空腹为宜	20~25℃ 2~8℃ −20℃	24 h 7 d 1个月	严重溶血、脂血、黄疸	标本采集后及时送检
超敏C反应蛋白 (high sensitivity C-reactive protein, hs-CRP)	静脉血	红盖;普管 紫盖;EDTA	3 ml	空腹采血	2~8℃ −20℃	7 d 6个月	溶血、脂血	标本采集后及时送检
血浆同型半胱氨酸 (homocysteine, Hcy)	静脉血	红盖;普管	3 ml	空腹采血	2~8℃ −20℃	2周 8个月	溶血、脂血	30 min内分离血浆
肝功能检测 总蛋白 (total protein, TP)	静脉血	红盖;普管	3 ml	空腹采血	20~25℃ 2~8℃ −20℃	7 d 1个月 12个月	严重溶血、脂血及黄疸	标本采集后及时送检

续 表

检测项目	标本采集要求				保存温度	保存时间	拒收标准	备注
	类型	容器	量	注意事项				
白蛋白 （albumin, ALB）	静脉血	红盖;普管	3 ml	空腹采血	20~25℃ 2~8℃ -20℃	7 d 1个月 12个月	严重溶血、脂血及黄疸	标本采集后及时送检
球蛋白 （globulin, Glob）	静脉血	红盖;普管	3 ml	空腹采血	20~25℃ 2~8℃ -20℃	7 d 1个月 12个月	严重溶血、脂血及黄疸	标本采集后及时送检
白/球比例 （ratio of albumin and globulin, A/G）	静脉血	红盖;普管	3 ml	空腹采血	20~25℃ 2~8℃ -20℃	7 d 1个月 12个月	严重溶血、脂血及黄疸	标本采集后及时送检
血清蛋白电泳 （serum protein electrophoresis, SPE）	静脉血	红盖;普管	2 ml	空腹采血	室温 2~8℃ -20℃	1 d 1 d 1个月	严重溶血、脂血及黄疸	不可使用血浆标本
总胆汁酸 （total bile acids, TBA）	静脉血	红盖;普管	3 ml	空腹采血	2~8℃ -20℃	7 d 3个月	严重溶血、脂血及黄疸	
总胆红素 （total bilirubin, TBil）	静脉血	红盖;普管	3 ml	空腹采血	2~8℃ -20℃	3 d 3个月	严重溶血、脂血及黄疸	密闭避光保存
直接胆红素 （direct bilirubin, DBil）	静脉血	红盖;普管	3 ml	空腹采血	2~8℃ -20℃	3 d 3个月	严重溶血、脂血及黄疸	密闭避光保存
间接胆红素 （indirect bilirubin, IDBil）	静脉血	红盖;普管	3 ml	空腹采血	2~8℃ -20℃ 20~25℃	3 d 3个月	严重溶血、脂血及黄疸	密闭避光保存

续表

检测项目	标本采集要求				保存温度	保存时间	拒收标准	备注
	类型	容器	量	注意事项				
丙氨酸氨基转移酶（alanine aminotransferase, ALT, GPT)	静脉血	红盖;普管	3 ml	空腹采血	20~25℃ 2~8℃ -20℃	24 h 7 d 1个月	严重溶血、脂血及黄疸	标本采集后及时送检
天冬氨酸氨基转移酶（aspartate aminotransferase, AST, GOT)	静脉血	红盖;普管	3 ml	空腹采血	20~25℃ 2~8℃ -20℃	24 h 7 d 1个月	严重溶血、脂血及黄疸	标本采集后及时送检
γ谷氨酰转移酶（γ-glutamyltransferase, γ-GT, GGT)	静脉血	红盖;普管	3 ml	空腹采血	20~25℃ 2~8℃ -20℃	24 h 7 d 1个月	严重溶血、脂血及黄疸	标本采集后及时送检
腺苷脱氨酶（adenosine deaminase, ADA)	静脉血/脑脊液/胸腹水	红盖;普管	3 ml	空腹采血	2~8℃ -20℃	7 d 1个月	严重溶血,脂血	新鲜无乳糜或溶血的新鲜血清,胸腹水、脑脊液等
胆碱酯酶（cholinesterase, CHE)	静脉血	红盖;普管	3 ml	空腹采血	2~8℃ -20℃	10 d 1年	严重溶血,脂血及黄疸	标本采集后及时送检
碱性磷酸酶（alkaline phosphatase in serum, ALP, AKP)	静脉血	红盖;普管	3 ml	空腹采血	2~8℃ -20℃	7 d 1个月	严重溶血,脂血及黄疸	EDTA、枸橼酸盐、草酸盐抑制 ALP 活性

续表

检测项目	标本采集要求				保存温度	保存时间	拒收标准	备注
	类型	容器	量	注意事项				
碱性磷酸酶同工酶电泳 (alkaline phosphatase isoenzymes, ALP同工酶)	静脉血	红盖;普管	3 ml	空腹采血	2~8℃ −20℃	7 d 1个月	严重溶血、脂血及黄疸	EDTA、枸橼酸盐、草酸盐抑制其活性
乳酸脱氢酶同工酶电泳 (lactate dehydrogenase isoenzyme, LD同工酶)	静脉血	红盖;普管	3 ml	空腹采血	室温	7 d	溶血、严重脂血	勿冻存血清标本
肾功能检测								
尿酸 (uric acid, UA)	静脉血	红盖;普管	3 ml	非高蛋白质饮食3 d;空腹	2~8℃ −20℃	3 d 1个月	严重溶血、脂血及黄疸	标本采集后及时送检
尿素 (urea, UREA)	静脉血	红盖;普管	3 ml	非高蛋白质饮食3 d;空腹	2~8℃ −20℃	7 d 1个月	严重溶血、脂血及黄疸	不可用含氟化钠标本管;避免继续离子污染
肌酐 (creatinine, CREA)	静脉血	红盖;普管	3 ml	非高蛋白质饮食3 d;空腹	2~8℃ −20℃	3 d 1个月	严重溶血、脂血及黄疸	标本采集后及时送检
肌酐/尿素 (Crea/Urea)	静脉血	红盖;普管	3 ml	非高蛋白质饮食3 d;空腹	2~8℃ −20℃	3 d 1个月	严重溶血、脂血及黄疸	标本采集后及时送检
血α₁微球蛋白 (α₁-microglobulin, α₁-MG)	静脉血	红盖;普管	3 ml	空腹采血	2~8℃ −20℃	7 d 1个月	严重溶血、脂血及黄疸	标本采集后及时送检

续 表

检测项目	标本采集要求				保存温度	保存时间	拒收标准	备 注
	类型	容器	量	注意事项				
血β_2微球蛋白（β_2-microglobulin, β_2-MG）	静脉血	红盖；普管	3 ml	空腹采血	2~8℃ -20℃	7 d 1个月	严重溶血、脂血及黄粗	标本采集后及时送检
尿α_1微球蛋白（α_1-microglobulin, α_1-MG）	尿液	白盖；尿管	10 ml	新鲜尿液	室温	1 d	尿液变质	标本采集后及时送检
尿β_2微球蛋白（β_2-microglobulin, β_2-MG）	尿液	白盖；尿管	10 ml	随机尿	室温	1 d	尿液变质	为防止β_2微球蛋白变性，可加 2~5 滴2 mol/L NaOH 碱化尿液
尿转铁蛋白（transferrin, Tf）	尿液	白盖；尿管	3 ml	新鲜尿液	室温	1 d	尿液变质	
尿蛋白定量（total protein in urine）	尿液	含防腐剂大容器	5 ml	24 h尿液	2~8℃	48 h	尿液变质	送检前测定总尿量，充分混匀取 5 ml送检
尿微量白蛋白（microalbuminuria, MCA）	尿液	10 ml 甲醛防腐桶或清洁试管	3 ml	24 h尿或随机尿	2~8℃	48 h	尿液变质	应注明 24 h尿或随机尿
糖尿病及胰腺功能检测 C肽（C-peptide）	静脉血	红盖；普管	3 ml	空腹采血	室温	1 d	严重溶血	标本采集后及时送检

续表

检测项目	标本采集要求				保存温度	保存时间	拒收标准	备注
	类型	容器	量	注意事项				
葡萄糖 (glucose, GLU)	静脉血	灰黑盖;氟化钠抗凝管/红盖;普管	3 ml	空腹采血	室温 2~8℃ -20℃	1 d 2 d 1个月	严重溶血,脂血及黄疸	糖酵解每小时约5%,应尽快测定
胰岛素 (insulin, Ins)	静脉血	红盖;普管	3 ml	空腹采血	2~8℃	7 d	严重脂血,溶血	应注明采血时间
胰岛素释放试验 (insulin releasing test)	静脉血	红盖;普管	3 ml	空腹采血	室温	1 d	严重脂血,溶血	应标明采血时间
尿淀粉酶 (α-amylase in urine, AMY, AMS)	尿液	白盖;洁管	5 ml	随机尿	室温	7 d	尿液变质	不能冷冻保存
血清脂肪酶 (lipase, LP)	静脉血	红盖;普管	3 ml	空腹采血	20~25℃	7 d	严重溶血,脂血及黄疸	避免细菌污染
淀粉酶活力 (α-amylase, AMY, AMS)	静脉血	红盖;普管	3 ml	空腹采血	2~8℃	60 d	严重溶血,脂血及黄疸	避免钙离子螯合物抗凝剂
糖化血红蛋白 (glucosylated hemoglobin, HbAlc)	静脉血	紫盖;EDTA抗凝管 绿盖;肝素抗凝管	2 ml	空腹采血	20~25℃ 2~8℃ -20℃	3 d 7 d 3个月	严重溶血,脂血及黄疸	标本只能冻融一次
口服葡萄糖耐量试验 (oral glucose tolerance test, OGTT)	静脉血	灰黑盖;氟化钠抗凝管/红盖;普管	2 ml	不同时间点采血	室温	<8 h	严重溶血	做OGTT前3 d,不应控制饮食

续表

检测项目	标本采集要求				保存温度	保存时间	拒收标准	备注
	类型	容器	量	注意事项				
动脉血气检测 (arterial blood gas)	动脉血	绿盖；肝素抗凝管/动脉采血针	2 ml	新鲜标本	室温	≤30 min	标本留取时间过长	避免标本与空气接触
血氨检测 (ammonia in plasma)	静脉血	绿盖；肝素采血抗凝管	3 ml	新鲜标本	室温	≤30 min	标本留取时间过长	避免标本与空气接触
电解质检测								
血清钾 (potassium, K^+)	静脉血	红盖；普管	3 ml	空腹采血	室温 2~8℃ −20℃	8 h 7 d 6个月	严重溶血，脂血及黄疸	标本采集后尽快分离血清或血浆 不可用肝素钠抗凝剂
血清钠 (sodium, Na^+)	静脉血	红盖；普管	3 ml	空腹采血	室温 2~8℃ −20℃	8 h 7 d 6个月	严重溶血，脂血及黄疸	标本采集后尽快分离血清或血浆
血清氯 (chlorine, Cl^-)	静脉血	红盖；普管	3 ml	空腹采血	室温 2~8℃ −20℃	8 h 7 d 6个月	严重溶血，脂血及黄疸	标本采集后尽快分离血清或血浆
血清钙 (calcium, Ca)	静脉血	红盖；普管	3 ml	空腹采血	15~25℃ 2~8℃ −20℃	8 h 7 d 6个月	溶血，脂血	不能用铝玻璃试管
无机磷 (phosphorus, P)	静脉血	红盖；普管	3 ml	空腹采血	15~25℃ 2~8℃ −20℃	1 d 4 d 1个月	严重溶血，脂血及黄疸	标本采集后尽快分离血清或血浆

续表

检测项目	标本采集要求				保存温度	保存时间	拒收标准	备注
	类型	容器	量	注意事项				
碳酸氢根(bicarbonate, HCO_3)	静脉血	红盖;普管	3 ml	空腹采血	室温 2~8℃ -20℃	8 h 7 d 6个月	严重溶血、脂血及黄疸	标本采集后尽快分离血浆
微量元素检测								
镁(magnesium, Mg)	静脉血	绿盖;肝素抗凝管	3 ml	空腹采血	室温 2~8℃ -20℃	8 h 48 h 6个月	溶血、脂血	防止周围环境微量元素污染
铜(copper, Cu)	静脉血	绿盖;肝素抗凝管	3 ml	空腹采血	室温 2~8℃ -20℃	8 h 48 h 6个月	溶血、脂血	防止周围环境微量元素污染
锌(zinc, Zn)	静脉血	绿盖;肝素抗凝管	3 ml	空腹采血	室温 2~8℃ -20℃	8 h 48 h 6个月	溶血、脂血	防止周围环境微量元素污染
铁(iron, Fe)	静脉血	绿盖;肝素抗凝管	3 ml	空腹采血	室温 2~8℃ -20℃	8 h 48 h 6个月	溶血、脂血	防止周围环境微量元素污染
铅(plumbum, Pb)	静脉血	绿盖;肝素抗凝管	3 ml	空腹采血	室温 2~8℃ -20℃	8 h 48 h 6个月	溶血、脂血	防止周围环境微量元素污染
镉(cadmium, Cd)	静脉血	绿盖;肝素抗凝管	3 ml	空腹采血	室温 2~8℃ -20℃	8 h 48 h 6个月	溶血、脂血	防止周围环境微量元素污染

续 表

检测项目	标本采集要求				保存温度	保存时间	拒收标准	备 注
	类型	容器	量	注意事项				
激素检查								
睾酮 (testosterone, T)	静脉血	红盖;普管	3 ml	空腹为宜	2~8℃	7 d	严重脂血,溶血	标本采集后及时 送检
雌二醇 (estradiol in serum, E₂)	静脉血	红盖;普管	3 ml	空腹为宜	2~8℃	7 d	严重脂血,溶血	标本采集后及时 送检
泌乳素 (prolactin, PRL)	静脉血	红盖;普管	3 ml	空腹为宜	2~8℃	7 d	严重脂血,溶血	标本采集后及时 送检
醛固酮 (aldosterone, ALD)	静脉血	红盖;普管	3 ml	清晨采血	4~8℃ −20℃	48 h 3个月	严重脂血	应注明采血时间
皮质醇 (cortisol, CORT)	静脉血	红盖;普管	2~3 ml	空腹为宜	2~8℃	7 d	严重脂血,溶血	标本采集后及时 送检
甲状腺素 (thyroxine, T₄)	静脉血	红盖;普管	2~3 ml	空腹为宜	2~8℃	7 d	严重脂血,溶血	标本采集后及时 送检
生长激素 (growth hormone, GH)	静脉血	红盖;普管	2 ml	空腹为宜	2~8℃	7 d	严重脂血,溶血	标本采集后及时 送检
促卵泡激素 (follicle stimulating hormone, FSH)	静脉血	红盖;普管	3 ml	空腹为宜	2~8℃	7 d	严重脂血,溶血	标本采集后及时 送检

续 表

检测项目	标本采集要求				保存温度	保存时间	拒收标准	备注
	类型	容器	量	注意事项				
甲状旁腺素 (parathyroid hormone, PTH)	静脉血	红盖；普管	3 ml	空腹为宜	2~8℃	7 d	严重脂血、溶血	标本采集后及时送检
甲状腺球蛋白 (thyroxine binding globulin, TBG)	静脉血	红盖；普管	3 ml	空腹为宜	2~8℃	7 d	严重脂血、溶血	标本采集后及时送检
T_4摄取试验 (T_3 uptake test, T_4UT)	静脉血	红盖；普管	2~3 ml	空腹为宜	2~8℃	7 d	严重脂血、溶血	标本采集后及时送检
促甲状腺激素 (thyroid stimulating hormone, TSH)	静脉血	红盖；普管	2~3 ml	空腹为宜	2~8℃	7 d	严重脂血、溶血	标本采集后及时送检
促黄体生成激素 (luteinizing hormone, LH)	静脉血	红盖；普管	3 ml	空腹为宜	2~8℃	7 d	严重脂血、溶血	标本采集后及时送检
尿游离皮质醇 (free cortisol in urine, UFC)	尿液	白盖；10 ml 甲苯防腐桶	20 ml	24 h尿液	2~8℃	7 d	未注明24 h尿总体积(ml)，尿液变质	将24 h尿液混匀后送检
游离甲状腺素 (free T_4, fT_4)	静脉血	红盖；普管	2~3 ml	空腹为宜	2~8℃	7 d	严重脂血、溶血	标本采集后及时送检
三碘甲状腺原氨酸 (triiodothyronine, T_3)	静脉血	红盖；普管	2~3 ml	空腹为宜	2~8℃	7 d	严重脂血、溶血	标本采集后及时送检

续 表

检测项目	标本采集要求				保存温度	保存时间	拒收标准	备注
	类型	容器	量	注意事项				
反三碘甲腺原氨酸 (reverse triiodothyronine, rT₃)	静脉血	红盖普管	2 ml	空腹为宜	2~8℃	7 d	严重脂血、溶血	标本采集后及时送检
抗甲状腺球蛋白抗体 (anti-thyroglobulin antibody, TGAb)	静脉血	红盖普管	2~3 ml	空腹为宜	2~8℃	7 d	严重脂血、溶血	标本采集后及时送检
游离三碘甲状腺原氨酸 (free T₃, fT₃)	静脉血	红盖普管	2~3 ml	空腹为宜	2~8℃	7 d	严重脂血、溶血	标本采集后及时送检
促肾上腺皮质激素 (adrenocorticotrophin, ACTH)	静脉血	浅紫盖；EDTA抗凝管	3 ml	空腹为宜	2~8℃ -20℃	7 d 2周	血凝、严重脂血、溶血	ACTH 易被玻璃表面吸附，全血采集后需立即离心
3-甲氧基-4 羟基苦杏仁酸 (vanillylmandelic acid, VMA)	尿液	白盖洁管	3 ml	随机尿	-20℃	4周	尿液变质	标本采集后及时送检
药物浓度监测								
儿茶酚胺浓度测定 (catecholamine)	静脉血	绿盖；肝素抗凝管	4 ml	空腹，服药前或后3 h	2~8℃	24 h	严重溶血、未抗凝	包括肾上腺素 (NE)、去甲肾上腺素 (E)

续表

检测项目	标本采集要求				保存温度	保存时间	拒收标准	备注
	类型	容器	量	注意事项				
多巴胺浓度测定 (dopamine, DA)	静脉血	绿盖;肝素抗凝管	4 ml	空腹,服药前或后3 h	2~8℃	24 h	严重溶血,未抗凝	服药前测定为谷浓度、服药后测定为峰浓度
酚酸浓度测定 (mycophenolic acid, MPA)	静脉血	绿盖;肝素抗凝管	3 ml	服药前或后3 h	2~8℃	24 h	严重溶血,未抗凝	服药前测定为谷浓度、服药后测定为峰浓度
茶碱浓度测定 (theocin, THEO)	静脉血	红盖/绿盖;普管;肝素抗凝管	3 ml	空腹,服药前或后2~3 h	2~8℃	24 h	脂血,严重溶血	空腹采血
地高辛浓度测定 (digoxin, DIG)	静脉血	红盖/绿盖;普管;肝素抗凝管	3 ml	空腹,服药前或后6 h	2~8℃ −20℃	24 h 168 h	严重脂血,溶血	接受坎利酸钾或皮质激素静脉注射者需在注射前抽血
丙戊酸浓度测定 (valproate, VAL)	静脉血	红盖/绿盖;普管;肝素抗凝管	3 ml	空腹,服药前或后2~8 h	2~8℃	24 h	严重脂血,溶血	服药前测定为谷浓度、服药后测定为峰浓度
卡马西平浓度测定 (carbamazepine, CRMB)	静脉血	红盖/绿盖;普管;肝素抗凝管	3 ml	空腹,服药前或后3 h	2~8℃	24 h	严重脂血,溶血	服药前测定为谷浓度、服药后测定为峰浓度
甲氨蝶呤浓度测定 (methotrexate, MTX)	静脉血	绿盖;肝素抗凝管	3 ml	空腹,服药前或后3 h	2~8℃	24 h	严重溶血,未抗凝	服药前测定为谷浓度、服药后测定为峰浓度

续　表

检测项目	标本采集要求				保存温度	保存时间	拒收标准	备注
	类型	容器	量	注意事项				
5-羟色胺浓度测定 (5-hydroxytryptamine, 5-HT)	静脉血	绿盖；肝素抗凝管	4 ml	空腹，服药前或后3 h	2~8℃	24 h	严重溶血，未抗凝	服药前测定为谷浓度，服药后测定为峰浓度
氢化可的松浓度测定 (hydrocortisone, HC)	静脉血	绿盖；肝素抗凝管	3 ml	空腹，服药前或后3 h	2~8℃	24 h	严重溶血，未抗凝	服药前测定为谷浓度，服药后测定为峰浓度
普乐可复浓度测定 (tacrolimus, FK506)	静脉血	绿盖；肝素抗凝管	2 ml	空腹，服药前或后3 h	2~8℃	24 h	严重溶血，未抗凝	服药前测定为谷浓度，服药后测定为峰浓度
环孢霉素 A 浓度测定 (cyclosporine A, CsA)	静脉血	绿盖；肝素抗凝管	2 ml	空腹，服药前或后3 h	2~8℃	24 h	严重溶血，未抗凝	服药前测定为谷浓度，服药后测定为峰浓度
苯妥英钠浓度测定 (phenytoin sodium, PHT)	静脉血	绿盖；肝素抗凝管	3 ml	空腹，服药前或后3 h	2~8℃	24 h	严重脂血，溶血	服药前测定为谷浓度，服药后测定为峰浓度
苯巴比妥浓度测定 (Phenobarbital, PB)	静脉血	绿盖；肝素抗凝管	3 ml	空腹，服药前或后1~3 h	2~8℃	24 h	严重脂血，溶血	服药前测定为谷浓度，服药后测定为峰浓度

（李　莉　于嘉屏）

四、临床免疫检验项目

检测项目	标本采集要求				保存温度	保存时间	拒收标准	备注
	类型	容器	量	注意事项				
肝纤维化检测								
Ⅲ型前胶原 (procollagen type Ⅲ, PCⅢ)	静脉血	红盖;普管	3 ml	空腹采血	冷藏	7 d	严重脂血,溶血	标本采集后及时送检
Ⅳ型胶原 (collagen type Ⅳ, CⅣ)	静脉血	红盖;普管	3 ml	空腹采血	冷藏	7 d	严重脂血,溶血	标本采集后及时送检
透明质酸 (hyaluronate acid, HA)	静脉血	红盖;普管	3 ml	空腹采血	冷藏	7 d	严重脂血,溶血	标本采集后及时送检
层粘连蛋白 (laminin, LN)	静脉血	红盖;普管/绿盖;肝素抗凝管	3 ml	空腹采血	冷藏	7 d	严重脂血,溶血	标本采集后及时送检
转化生长因子-β (transform growth factor β, TGF-β)	静脉血	红盖;普管	3 ml	空腹采血	冷藏	7 d	严重脂血,溶血	标本采集后及时送检
特定蛋白检测								
B因子 (factor B)	静脉血	红盖;普管	2 ml	空腹为宜	冷藏	7 d	溶血,严重脂血	轻度溶血及黄疸不干扰结果
补体3 (complement 3, C3)	静脉血	红盖;普管	2 ml	空腹为宜	冷藏	2 d	溶血,严重脂血标本送检时间过长	C3 可分裂成 C3c 片段,其结果会随着标本保存时间的延长而增大,应及时检测;轻度溶血及黄疸不干扰结果

续表

检测项目	标本采集要求				保存温度	保存时间	拒收标准	备注
	类型	容器	量	注意事项				
补体C4 (complement 4, C4)	静脉血	红盖;普管	2 ml	空腹为宜	冷藏	2 d	溶血,严重脂血标本,送检时间过长	C4值会随着标本保存时间的延长而增大,应及时检测;轻度溶血及黄血不干扰结果
κ轻链 (light lain κ, κ)	静脉血/尿液	红盖;普管(血) 洁净玻璃试管(尿)	2 ml 10 ml	空腹为宜	冷藏	7 d	溶血,严重脂血尿液变质	随机和定时采集的新鲜尿液是测试尿蛋白的合适样本;轻度溶血及黄血不干扰结果
λ轻链 (light lain λ, λ)	静脉血 随机尿 定时尿	红盖;普管(血) 洁净玻璃试管(尿)	2 ml 10 ml	空腹为宜	冷藏	7 d	溶血,严重脂血尿液变质	随机和定时采集的新鲜尿液是测试尿蛋白的合适样本;轻度溶血及黄血不干扰结果
前白蛋白 (prealbumin, PA)	静脉血	红盖;普管	3 ml	空腹为宜	冷藏	7 d	严重溶血,脂血及黄疸	轻度溶血及黄疸不干扰结果
铜蓝蛋白 (ceruloplasmin, CER)	静脉血	红盖;普管	2 ml	空腹为宜	冷藏	7 d	溶血,严重脂血	轻度溶血及黄疸不干扰结果

续 表

检测项目	标本采集要求				保存温度	保存时间	拒收标准	备 注
	类型	容器	量	注意事项				
免疫球蛋白 G（immunoglobulin G，IgG）	静脉血/脑脊液	红盖；普管（血）洁净玻璃试管（脑脊液）	静脉血 2 ml 脑脊液 1 ml	空腹为宜	冷藏	7 d	溶血，严重脂血	轻度溶血及黄疸不干扰结果
免疫球蛋白 A（immunoglobulin A，IgA）	静脉血/脑脊液	红盖；普管（血）洁净玻璃试管（脑脊液）	静脉血 2 ml 脑脊液 1 ml	空腹为宜	冷藏	7 d	溶血，严重脂血	轻度溶血及黄疸不干扰结果
免疫球蛋白 M（immunoglobulin M，IgM）	静脉血/脑脊液	红盖；普管（血）洁净玻璃试管（脑脊液）	静脉血 2 ml 脑脊液 1 ml	空腹为宜	冷藏	7 d	溶血，严重脂血	轻度溶血及黄疸不干扰结果
C 反应蛋白（C reaction protein，CRP）	静脉血	红盖；普管	2 ml	空腹为宜	冷藏	7 d	溶血，严重脂血	轻度溶血及黄疸不干扰结果
α_1 酸糖蛋白（α_1 acid glycoprotein，AAG）	静脉血	红盖；普管	2 ml	空腹为宜	冷藏	7 d	溶血，严重脂血	轻度溶血及黄疸不干扰结果
抗胰蛋白酶（α_1 antitrypsin，AAT）	静脉血	红盖；普管	2 ml	空腹为宜	冷藏	7 d	溶血，严重脂血	轻度溶血及黄疸不干扰结果
α_2 巨球蛋白（α_2 macroglobulin，α_2－MG）	静脉血	红盖；普管	2 ml	空腹为宜	冷藏	7 d	溶血，严重脂血	轻度溶血及黄疸不干扰结果

续 表

检测项目	标本采集要求				保存温度	保存时间	拒收标准	备注
	类型	容器	量	注意事项				
抗链球菌溶血素O (antistreptolysin O, ASO)	静脉血	红盖；普管	2 ml	空腹为宜	冷藏	7 d	溶血，严重脂血	轻度溶血及黄疸不干扰结果
类风湿因子 (rheumatoid factor, RF)	静脉血	红盖；普管	2 ml	空腹为宜	冷藏	7 d	溶血，严重脂血	轻度溶血及黄疸不干扰结果
血 β_2 微球蛋白 (β_2 - microglobulin, β_2 - MG)	静脉血	红盖；普管	3 ml	空腹采血	冷藏 冷冻	7 d 1个月	严重溶血，脂血及黄疸	标本采集后及时送检
尿 β_2 微球蛋白 (β_2 - microglobulin, β_2 - MG)	尿液	尿收集管（有盖）	10 ml	随机尿	室温	1 d	尿液变质	为防止 β_2 - MG 变性，可加 2~5 滴 2 mol/L NaOH 碱化尿液
尿转铁蛋白 (transferrin, TRF)	尿液	尿收集管（有盖）	3 ml	新鲜尿液	室温	1 d	尿液变质	标本采集后及时送检
尿微量白蛋白 (miroalbumin, MALB)	尿液	10甲醛防腐桶清洁试管	3 ml	24 h尿随机尿	冷藏	48 h	尿液变质	应注明24 h尿或随机尿
尿 α_1 微球蛋白 (α_1 - microglobulin, α_1 - MG)	尿液	尿收集管（有盖）	10 ml	新鲜尿液	室温	1 d	尿液变质	标本采集后及时送检
免疫固定电泳 (immunofixation electrophoresis, IFE)	静脉血	红盖；普管	2 ml	空腹为宜	冷藏	7 d	抗凝血，严重溶血或脂血	冷藏标本应恢复至室温后检测

续　表

检测项目	标本采集要求				保存温度	保存时间	拒收标准	备注
	类型	容器	量	注意事项				
自身免疫性疾病检测								
抗核抗体 (antinuclear antibodies, ANA)	静脉血 脑脊液 胸腹水	红盖;普管	2 ml	空腹为宜	冷藏	7 d	严重溶血或脂血	标本采集后及时送检,稀释后的样本需在1个工作日内检测
抗可提取性核抗原抗体谱 (anti-extractable nuclear antigen antibodies, ENA)	静脉血 脑脊液 胸腹水	红盖;普管	2 ml	空腹为宜	冷藏	7 d	严重溶血或脂血	标本采集后及时送检,稀释后的样本需在1个工作日内检测
抗角蛋白抗体 (anti-keratin antibodies, AKA)	静脉血	红盖;普管	2 ml	空腹为宜	冷藏	7 d	严重溶血或脂血	标本采集后及时送检,稀释后的样本需在1个工作日内检测
抗环瓜氨酸肽抗体 (anti-cyclic citrullinated peptide antibodies, CCP)	静脉血	红盖;普管	2 ml	空腹为宜	冷藏	7 d	严重溶血或脂血	标本采集后及时送检
抗线粒体抗体 (anti-mitochondria antibodies, AMA)	静脉血	红盖;普管	2 ml	空腹为宜	冷藏	7 d	严重溶血或脂血	标本采集后及时送检,稀释后的样本需在1个工作日内检测
线粒体抗体分型	静脉血	红盖;普管	2 ml	空腹为宜	冷藏	7 d	严重溶血或脂血	标本采集后及时送检

续 表

检测项目	标本采集要求			保存温度	保存时间	拒收标准	备 注
	类型	容器	量	注意事项			
抗心肌抗体 (anti-myocardial antibodies)	静脉血	红盖；普管	2 ml	空腹为宜	冷藏	7 d	严重溶血或脂血	标本采集后及时送检，稀释后的样本需在1个工作日内检测
抗精子抗体 (antispermatozoa antibodies, AsAb)	静脉血	红盖；普管	2 ml	空腹为宜	冷藏	7 d	严重溶血或脂血	标本采集后及时送检，稀释后的样本需在1个工作日内检测
抗心磷脂抗体 (anti-cardiolipin antibodies, ACA)	静脉血	红盖；普管	2 ml	空腹为宜	冷藏	7 d	严重溶血或脂血	标本采集后及时送检
抗平滑肌抗体 (anti-smooth muscle antibodies, ASMA)	静脉血	红盖；普管	2 ml	空腹为宜	冷藏	7 d	严重溶血或脂血	标本采集后及时送检，稀释后的样本需在1个工作日内检测
抗胃壁细胞抗体 (anti-parietal cell antibodies, APCA)	静脉血	红盖；普管	2 ml	空腹为宜	冷藏	7 d	严重溶血或脂血	标本采集后及时送检，稀释后的样本需在1个工作日内检测
抗肝肾微粒体抗体 (anti-liver/kidney microsomal antibodies, ALKMA)	静脉血	红盖；普管	2 ml	空腹为宜	冷藏	7 d	严重溶血或脂血	标本采集后及时送检，稀释后的样本需在1个工作日内检测

续表

检测项目	标本采集要求			注意事项	保存温度	保存时间	拒收标准	备注
	类型	容器	量					
抗子宫内膜抗体 (anti-endometrial antibody, AEMAb)	静脉血	红盖;普管	2 ml	空腹为宜	冷藏	7 d	严重溶血或脂血	标本采集后及时送检,稀释后的样本需在1个工作日内检测
抗可溶性肝原抗体 (anti-soluble liver antigen antibodies, SLA)	静脉血	红盖;普管	2 ml	空腹为宜	冷藏	7 d	严重溶血或脂血	标本采集后及时送检,稀释后的样本需在1个工作日内检测
抗乙酰胆碱受体抗体 (anti-acetylcholinere ceptor antibodies, ARA)	静脉血	红盖;普管	2 ml	空腹为宜	冷藏	7 d	严重溶血或脂血	标本采集后及时送检,稀释后的样本需在1个工作日内检测
抗肾小球基底膜抗体 (anti-glomerular basement membrane autoantibodies, GBM)	静脉血	红盖;普管	2 ml	空腹为宜	冷藏	7 d	严重溶血或脂血	标本采集后及时送检,稀释后的样本需在1个工作日内检测
抗双链DNA抗体 (anti-dsDNA antibodies, dsDNA)	静脉血	红盖;普管	2 ml	空腹为宜	冷藏	7 d	严重溶血或脂血	标本采集后及时送检,稀释后的样本需在1个工作日内检测
抗中性粒细胞胞浆抗体 (anti-neutrophil cytoplasmic antibodies, ANCA)	静脉血	红盖;普管	2 ml	空腹为宜	冷藏	7 d	严重溶血或脂血	标本采集后及时送检,稀释后的样本需在1个工作日内检测

续　表

检测项目	标本采集要求			注意事项	保存温度	保存时间	拒收标准	备注
	类型	容器	量					
抗髓过氧化物酶抗体（anti-myeloperoxidase antibodies, MPO）	静脉血	红盖；普管	2 ml	空腹为宜	冷藏	7 d	严重溶血或脂血	标本采集后及时送检，稀释后的样本需在1个工作日内检测
抗蛋白酶3抗体（anti-proteinase 3 antibodies, PR3）	静脉血	红盖；普管	2 ml	空腹为宜	冷藏	7 d	严重溶血或脂血	标本采集后及时送检，稀释后的样本需在1个工作日内检测
抗胰岛素抗体（insulin autoantibodies, IAA）	静脉血	红盖；普管	2 ml	空腹采血	室温	1 d	严重溶血	标本采集后及时送检，高胰岛素水平会对试验产生干扰，应空腹采血或应在下一次注射胰岛素之前采血
抗胰岛细胞抗体（anti-pancreatic islet cell antibodies, ICA）	静脉血	红盖；普管	2 ml	空腹采血	冷藏	1 d	严重溶血或脂血	标本采集后及时送检
抗谷氨酸脱羧酶抗体（anti-glutamate decarboxylase antibodies）	静脉血	红盖；普管	2 ml	空腹采血	冷藏	1 d	严重溶血或脂血	标本采集后及时送检

续 表

检测项目	标本采集要求				保存温度	保存时间	拒收标准	备 注
	类型	容器	量	注意事项				
抗胰岛外分泌腺抗体(autoantibodies against exocrine pancreas)	静脉血	红盖;普管	2 ml	空腹采血	室温	1 d	严重溶血	标本采集后及时送检
病毒血清学标志物检测								
肝炎病毒系列检测	静脉血	红盖;普管/绿盖;肝素抗凝管/紫盖;EDTA抗凝管	3~5 ml	空腹为宜	冷藏冷冻	7 d 12个月	严重溶血、脂血及黄疸	标本采集后及时送检;血标本应离心完全、去除纤维蛋白丝、红细胞及颗粒等
抗甲型肝炎病毒 IgM 抗体(HAV-IgM)	静脉血	红盖;普管/绿盖;肝素抗凝管/紫盖;EDTA抗凝管	2 ml	空腹为宜	冷藏冷冻	<5 d >5 d	严重溶血、脂血及黄疸	标本采集后及时送检;血标本应离心完全、去除纤维蛋白丝、红细胞及颗粒等
乙型肝炎病毒表面抗原(HBsAg)	静脉血	红盖;普管/绿盖;肝素抗凝管/紫盖;EDTA抗凝管	2 ml	空腹为宜	冷藏冷冻	14 d 12个月	严重溶血、脂血及黄疸	标本采集后及时送检;血标本应离心完全、去除纤维蛋白丝、红细胞及颗粒等
乙型肝炎病毒表面抗体(HBsAb)	静脉血	红盖;普管/绿盖;肝素抗凝管/紫盖;EDTA抗凝管	2 ml	空腹为宜	冷藏冷冻	7 d 12个月	严重溶血、脂血及黄疸	标本采集后及时送检;血标本应离心完全、去除纤维蛋白丝、红细胞及颗粒等

续　表

检测项目	标本采集要求			保存温度	保存时间	拒收标准	备注
	类型	容器	量	注意事项				
乙型肝炎病毒 e 抗原（HBeAg）	静脉血	红盖；普管/绿盖；肝素抗凝管；紫盖；EDTA抗凝管	2 ml	空腹为宜	冷藏 冷冻	7 d 12个月	严重溶血、脂血及黄疸	标本采集后应及时送检；血标本应离心完全、去除纤维蛋白丝、红细胞及颗粒等
乙型肝炎病毒 e 抗体（HBeAb）	静脉血	红盖；普管/绿盖；肝素抗凝管；紫盖；EDTA抗凝管	2 ml	空腹为宜	冷藏 冷冻	14 d 12个月	严重溶血、脂血及黄疸	标本采集后应及时送检；血标本应离心完全、去除纤维蛋白丝、红细胞及颗粒等
乙型肝炎病毒核心抗体（HBcAb）	静脉血	红盖；普管/绿盖；肝素抗凝管；紫盖；EDTA抗凝管	2 ml	空腹为宜	冷藏 冷冻	14 d 12个月	严重溶血、脂血及黄疸	标本采集后应及时送检；血标本应离心完全、去除纤维蛋白丝、红细胞及颗粒等
乙型肝炎病毒前 S1 抗原（preS1Ag）	静脉血	红盖；普管/绿盖；肝素抗凝管；紫盖；EDTA抗凝管	2 ml	空腹为宜	冷藏 冷冻	7 d 12个月	严重溶血、脂血及黄疸	标本采集后应及时送检；血标本应离心完全、去除纤维蛋白丝、红细胞及颗粒等
乙型肝炎病毒前 S1 抗体（preS1Ab）	静脉血	红盖；普管/绿盖；肝素抗凝管；紫盖；EDTA抗凝管	2 ml	空腹为宜	冷藏 冷冻	7 d 12个月	严重溶血、脂血及黄疸	标本采集后应及时送检；血标本应离心完全、去除纤维蛋白丝、红细胞及颗粒等

续表

检测项目	标本采集要求				保存温度	保存时间	拒收标准	备注
	类型	容器	量	注意事项				
丙型肝炎病毒抗体 (HCV－Ab)	静脉血	红盖；普管/绿盖；肝素抗凝管/紫盖EDTA抗凝管	2 ml	空腹为宜	冷藏 冷冻	14 d 12个月	严重溶血、脂血及黄疸	标本采集后及时送检；血标本应离心完全，去除纤维蛋白丝、红细胞及颗粒等
丁型肝炎病毒 IgM 抗体 (HDV－IgM)	静脉血	红盖；普管/绿盖；肝素抗凝管/紫盖EDTA抗凝管	2 ml	空腹为宜	冷藏 冷冻	<5 d >5 d	严重溶血、脂血及黄疸	血标本应离心完全，去除纤维蛋白丝、红细胞及颗粒等
戊型肝炎病毒 IgM 抗体 (HEV－IgM)	静脉血	红盖；普管/绿盖；肝素抗凝管/紫盖EDTA抗凝管	2 ml	空腹为宜	冷藏 冷冻	<5 d >5 d	严重溶血、脂血及黄疸	血标本应离心完全，去除纤维蛋白丝、红细胞及颗粒等
戊型肝炎病毒 IgG 抗体 (HEV－IgG)	静脉血	红盖；普管/绿盖；肝素抗凝管/紫盖EDTA抗凝管	2 ml	空腹为宜	冷藏 冷冻	<5 d >5 d	严重溶血、脂血及黄疸	血标本应离心完全，去除纤维蛋白丝、红细胞及颗粒等
梅毒血清试验 (syphilis serum test)	静脉血	红盖；普管	2 ml	空腹为宜	冷藏	7 d	严重溶血、脂血	阳性标本需做确认试验
抗EB病毒衣壳抗原抗体 IgM anti-EB viral capsid antigen antibodies IgM	静脉血	红盖；普管	3 ml	空腹为宜	冷藏	7 d	严重溶血、脂血及黄疸	标本采集后及时送检

续表

检测项目	标本采集要求				保存温度	保存时间	拒收标准	备注
	类型	容器	量	注意事项				
抗EB病毒核抗原抗体 IgM (anti-EB nuclear antigen antibodies IgM)	静脉血	红盖;普管	3 ml	空腹为宜	冷藏	7 d	严重溶血、脂血及黄疸	标本采集后及时送检
抗EB病毒早期抗原抗体 IgG (anti-EB early antigen antibodies IgG)	静脉血	红盖;普管	3 ml	空腹为宜	冷藏	7 d	严重溶血、脂血及黄疸	标本采集后及时送检
肺炎支原体抗体 (anti-mycoplasma pneumoniae antibodies)	静脉血	红盖;普管	2 ml	空腹为宜	冷藏 冷冻	<7 d >7 d	严重溶血、脂血及黄疸	标本采集后及时送检
抗柯萨奇病毒 (anti-coxackie virus antibodies IgG, IgM)	静脉血	红盖;普管	3 ml	空腹为宜	冷藏	7 d	严重溶血、脂血及黄疸	标本采集后及时送检
抗幽门螺杆菌抗体 (anti-H. pyori antibodies IgG, IgA)	静脉血	红盖;普管	3 ml	空腹为宜	冷藏	7 d	严重溶血、脂血及黄疸	标本采集后及时送检
人类免疫缺陷病毒抗体初筛试验 (anti-human immuno-deficiency virus antibodies sieving test)	静脉血	红盖;普管	3 ml	空腹为宜	冷藏	7 d	严重溶血、脂血及黄疸	初筛阳性结果需做确认实验

续 表

检测项目	标本采集要求				保存温度	保存时间	拒收标准	备 注
	类型	容器	量	注意事项				
优生优育检测								
抗弓形虫抗体 (anti-Toxoplasma antibodies) IgG 和 IgM	静脉血 脑脊液	红盖;普管	2 ml	空腹为宜	冷藏	7 d	严重溶血	标本采集后及时送检;鉴于技术上的原因和生物学上的交叉反应,对阳性结果的意义又应结合临床综合判断,孕妇不能仅以此抗体阳性作为终止妊娠的依据
抗巨细胞病毒 IgG 和 IgM 抗体 (anti-cytomegalovirus antibodies)	静脉血 脑脊液	红盖;普管	2 ml	空腹为宜	冷藏	7 d	严重溶血	同上
抗风疹病毒 IgG 和 IgM 抗体 (anti-rubella virus antibodies)	静脉血 脑脊液	红盖;普管	2 ml	空腹为宜	冷藏	7 d	严重溶血	同上
抗单纯疱疹病毒 IgG 和 IgM 抗体 (anti-herpesvirus antibodies)	静脉血 脑脊液	红盖;普管	2 ml	空腹为宜	冷藏	7 d	严重溶血	同上

续 表

检测项目	标本采集要求				保存温度	保存时间	拒收标准	备注
	类型	容器	量	注意事项				
过敏原检测								
血清总 IgE (total serum IgE)	静脉血	红盖;普管	3 ml	空腹为宜	冷藏	7 d	严重溶血	标本采集后及时送检
混合人性抗原 (mixed ingestional allergens)	静脉血	红盖;普管	3 ml	空腹为宜	冷藏	7 d	严重溶血	标本采集后及时送检
混合吸入性抗原 (mixed aeroallergen)	静脉血	红盖;普管	3 ml	空腹为宜	冷藏	7 d	严重溶血	标本采集后及时送检
吸入性过敏原筛选 (screening tests for aeroallergen)	静脉血	红盖;普管	3 ml	空腹为宜	冷藏	7 d	严重溶血	标本采集后及时送检
其他项目检测								
肥达反应 (Widal test)	静脉血	红盖;普管	3 ml	空腹为宜	冷藏	7 d	严重脂血;溶血	标本采集后及时送检
外斐反应 (Weil-Felix test)	静脉血	红盖;普管	3 ml	空腹为宜	冷藏	7 d	严重脂血;溶血	标本采集后及时送检
冷凝集反应 (cold agglomerate test)	静脉血	红盖;普管	3 ml	空腹为宜	室温	1 d	严重脂血;溶血	标本采集后及时送检
嗜异性凝集反应 (Paul-Bunnell reaction)	静脉血	红盖;普管	3 ml	空腹为宜	冷藏	7 d	严重脂血;溶血	标本采集后及时送检

（李莉 王蕾）

五、临床基因扩增检验项目

检测项目	标本采集要求				保存温度	保存时间	拒收标准	备注
	类型	容器	量	注意事项				
乙型肝炎病毒 DNA 定量 (HBV DNA quantitative test, HBV-DNA)	静脉血	红盖;普管;绿盖;肝素抗凝管;紫盖;EDTA抗凝管	2 ml	空腹为宜	2~8℃ -20℃	7 d 12个月	严重溶血,脂血及黄疸	样品采集后及时送检
丙型肝炎病毒 RNA 定量 (HCV RNA quantitative test, HCV-RNA)	静脉血	红盖;普管;绿盖;肝素抗凝管;紫盖;EDTA抗凝管	2 ml	空腹为宜	2~8℃ -20℃	7 d 12个月	严重溶血,脂血及黄疸	样品采集后及时送检
结核杆菌 DNA 定量 (TB DNA quantitative test)	静脉血	红盖;普管	3 ml	空腹为宜	2~8℃	7 d	严重溶血,脂血及黄疸	样品采集后及时送检
巨细胞病毒 DNA 定量(CMV DNA quantitative test)	静脉血	红盖;普管	3 ml	空腹为宜	2~8℃	7 d	严重溶血,脂血及黄疸	样品采集后及时送检
解脲支原体 DNA (UU DNA quantitative test, UU-DNA)	多种样品	无菌容器		空腹为宜	2~8℃ -20℃	24 h 3个月	未采用正确容器	不建议使用血样品
单纯疱疹病毒 DNA (HAS DNA quantitative test, HSV-DNA)	多种样品	无菌容器			2~8℃ -20℃	24 h 3个月	未采用正确容器	不建议使用血样品
荧光原位杂交 (fluorescence in situ hybridization, FISH)	血骨髓液	绿盖;肝素抗凝管	3 ml		室温	48 h	有凝块	病理组织请送石蜡切片5张
基因突变分析 (gene mutation analysis)	血液	紫盖;EDTA抗凝管/ACD抗凝管	3 ml		室温	96 h	有凝块	

(李莉)

六、临床微生物检验项目

检测项目	标本采集要求				保存温度	保存时间	拒收标准	备注
	类型	容器	量	注意事项				
细菌培养及鉴定								
血培养 (blood culture)	静脉血	血培养瓶(需、厌氧各5~10 ml)	10 ml×2	高热寒战前1 h	室温	2 h内接种	污染、已干或信息错误	不同部位,同时采集2套(需氧菌、厌氧菌为1套),抗生素使用前采样
痰培养 (sputum culture)	痰液	无菌痰杯		新鲜、避免污染	室温	2 h内接种	污染、已干或信息错误	抗生素使用前采样
一般培养 (general culture)	多种样品	无菌器具		新鲜、避免污染	室温	2 h内接种	污染、已干或信息错误	抗生素使用前采样
真菌培养 (fungi culture)	多种样品	无菌器具		新鲜、避免污染	室温	2 h内接种	污染、已干或信息错误	抗生素使用前采样
空气培养 (air culture)	多种样品	无菌培养皿		新鲜、避免污染	室温	当天接种	污染、已干或信息错误	抗生素使用前采样
药敏试验 (drug sensitive test)	多种样品	无菌器具		新鲜、避免污染	室温		污染、已干或信息错误	抗生素使用前采样
尿液培养 (urine culture)	中段尿	无菌试管	10 ml	清洁中段尿	室温	2 h内接种	污染、已干或信息错误	抗生素使用前采样
菌落计数 (colony counting)	中段尿	无菌器具	10 ml	清洁中段尿	室温	2 h内接种	污染、已干或信息错误	抗生素使用前采样

续表

检测项目	标本采集要求				保存温度	保存时间	拒收标准	备注
	类型	容器	量	注意事项				
粪便培养 (feces culture)	粪便、直肠拭子	无菌器具	2~3 g	新鲜、避免污染	室温	2 h 内接种	污染、已干或信息错误	挑取黏液、血便或絮状物
球杆菌比例 (ratio of cocci and bacilli)	粪便、直肠拭子	无菌器具	2~3 g	新鲜、避免污染	室温	当天接种	污染、已干或信息错误	挑取黏液、血便或絮状物
结膜囊培养 (conjunctival sac culture)	结膜囊	无菌器具		新鲜、避免污染	室温	当天接种	污染、已干或信息错误	抗生素使用前采样
真菌检测 (detection of fungi)	多种样品	无菌容器		新鲜、避免污染	室温		污染、已干或信息错误	抗生素使用前采样
厌氧菌培养 (anaerobic culture)	多种样品	无菌器具		新鲜、避免污染	室温	0.5 h 内接种	污染、已干或信息错误	抗生素使用前采样
隐球菌检测 (detection of cryptococcus)	多种样品	无菌器具		新鲜、避免污染	室温		污染、已干或信息错误	抗生素使用前采样
衣原体检测 (detection of chlamydia)	多种样品	无菌器具		新鲜、避免污染	室温		污染、已干或信息错误	抗生素使用前采样
支原体培养 (mycoplasma culture)	多种样品	无菌器具		新鲜、避免污染	室温	2 h 内接种	污染、已干或信息错误	抗生素使用前采样

续 表

检测项目	标本采集要求				保存温度	保存时间	拒收标准	备 注
	类型	容器	量	注意事项				
淋球菌培养 (gonococci culture)	多种样品	无菌器具		新鲜、避免污染	室温	2 h 内接种	污染、已干或信息错误	抗生素使用前采样
结核菌培养 (tubercle bacillus Culture)	多种样品	无菌器具		新鲜、避免污染	室温	当天接种	未消毒容器、留取时间过长	血样品不能冷冻

（李 莉 蒋燕群）

153

BD —— 您可以信赖的
标本分析前处理专家

美国BD公司标本分析前处理系统是现代真空采血领域的鼻祖和行业先锋带头人。今天，BD公司的真空采血系列产品已在全球广泛使用。VACUTAINER在国际医疗科研领域成为真空采血的代名词，可以作为主题词在MEDLINE数据库中进行文献检索。

自1943年BD首创的VACUTAINER®真空采血系统问世以来，BD标本分析前处理系统不断追求卓越、锐意创新，BD标本分析前处理系统紧随临床检验科学发展的时代步伐，树立标本分析前处理的新标杆。

BD标本分析前处理系统为临床诊断和科研领域提供标本前处理阶段的全面解决方案，包括全面的产品组合、技术平台、临床教育和专业服务。

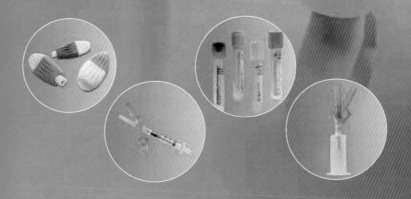

标本分析前处理系统网址：www.bd.com/vacutainer